De 7:00 a 9:00

relatos insólitos

Efrén Rivera

Cecilia Marivel Galindo Guajardo

Lorena Franco

Sandra M. Colorado Vega

José M. Benítez Martín

Sonia Ilemar Baerga

Ana María Díaz

Astrid Antoinette Billat

De 7:00 a 9:00

Primera edición: mayo 2021

© de sus respectivas obras: Efrén Rivera, Cecilia Marivel Galindo Guajardo, Lorena Franco, Sandra M. Colorado Vega, José M. Benítez Martín, Sonia Ilemar Baerga, Ana María Díaz, Astrid Antoinette Billat

Ilustración de cubierta por Mariel Mercado Camareno

Gestión editorial por Las Marías Estudio Editorial (www.lasmariaseditorial.com)

Publicación independiente

ISBN: 978-1-7360614-1-1

*A quienes tengan la
paciencia de leernos.*

Tabla de contenido

Sobre el arte de la amistad, sobre el ejercicio de publicar

Se ha dicho, en muchas ocasiones, que escribir es un acto solitario. Sin embargo, publicar es un ejercicio de solidaridad entre el escritor y un "equipo" de amigos que incluye correctores, editores, artistas gráficos y lectores dispuestos a darle una mirada objetiva al trabajo creativo que hiciste en soledad. Basados en esta hermosa realidad, se han formado grupos de lecturas y talleres en diversas instituciones y organizaciones. Los talleres de escritura creativa de Sagrado Global (Universidad del Sagrado Corazón) han servido de plataforma para escritores noveles que han encontrado en los atrios del recinto, el grupo que de pronto llamarán su tribu.

He sido privilegiado de ser profesor de los talleres creativos de esta institución por los pasados trece años. Durante este lapso he visto el nacimiento de, aproximadamente, veinte libros publicados por participantes de los talleres. *El lunar en el hombro derecho,* de Linda Pagán Pattiserie, *Cómplices en la palabra: relatos en voces diversas,* del colectivo Cómplices en la Palabra, *La Isla Rosada y otros colores,* de Ivette Cofiño, *El sonido de la ausencia,* de Jesús A. Zambrana y *Arena: un soldado boricua en Iraq,* de Raquel Otheguy, son solo algunos de los libros que he visto gestar a partir de los cursos que se ofrecen en la Universidad del Sagrado Corazón.

En esta ocasión, me lleno de orgullo al presentarles el libro *De 7:00 a 9:00.* El grupo de escritores que conforman este trabajo incluye a profesionales exitosos en sus respectivos campos profesionales. Al igual que los miembros de Cómplices en la Palabra, este grupo entusiasta se conoció en un taller de cuento. Todavía recuerdo sus rostros maquillados con ese primer amor por la literatura. Era un poema ver la ilusión en sus ojos cuando leían algunos de sus trabajos.

La empresa que estos creativos se han impuesto no es pequeña. Aunar en una colección de cuentos a un ingeniero cubano, a una cantante-poeta-economista, a una francesa que imparte clases de español en los Estados Unidos, a una maravillosa profesora de microbiología que adoptamos desde Buenos Aires, a una trabajadora social que también es actriz, a un artista gráfico que disfruta del arte y de su familia, a una mexicana que se enamoró de la Isla, como la isla se enamoró de ella, y a una supervisora de Gobierno retirada, y ahora abuela, que decidió escribir para sus hijos y terminó escribiendo para todas las madres de Puerto Rico. Ante este espectro de voces, visiones de mundo y poéticas, solo podemos ponernos el sombrero de la admiración y el respeto. *De 7:00 a 9:00* es una antología confeccionada con seriedad y trabajo arduo.

El compromiso de estos escritores rebasó al temible virus, las complicadas aplicaciones para comunicarse por Internet, y el miedo a publicar. Consideran que a través de la lectura de los cuentos el lector los conocerá un poco y se verá reflejado. Gestaron sus textos durante nueve meses, cada martes pandémico, de 7:00 a 9:00. Para ellos sus textos son como hijos. Piensan que la escritura creativa los liberó del encierro que los gobiernos han impuesto ante el embate del COVID-19. El grupo pudo zanjar las diferencias para no claudicar a su proyecto. Todos tienen la esperanza de poder sorprender a sus lectores.

Este junte literario se ha convertido en una rutilante realidad gracias a la dirección de una de sus integrantes: Sandra M. Colorado Vega, quien, con tesón, mantuvo el camino correcto para que culminara lo que en un comienzo era solo un "sueño". Me siento honrado de poder ver cómo, esta antología gestada y terminada durante la pandemia, ha llegado a completarse. Sin embargo, de seguro será el comienzo de prometedoras carreras literarias de cada uno de los escritores que aportaron su ingenio y creatividad para bordar con lentejuelas y canutillos nuestro pandémico universo.

Emilio del Carril

El día que murió el sol

Efrén Rivera

Como era costumbre, la pareja veía televisión luego de la jornada de trabajo. Cerca de las seis de la tarde se interrumpió la programación regular para un boletín de última hora.

—Tras poco más de un mes de especulaciones, hace unos minutos, científicos confirmaron que nuestro sol se apagó —dijo el reportero ancla con lágrimas en los ojos y la voz entrecortada—. Según sus cálculos, en los próximos minutos seremos testigos de cómo el planeta se despedirá de su gran estrella y quedaremos completamente a oscuras.

El hombre agarró el control remoto y apagó el televisor. La mujer no dijo una sola palabra. Ambos se miraron por espacio de treinta segundos hasta que de pronto se rompió el silencio.

—Me casé contigo por el dinero de tu padre.

—Yo me casé contigo amando a otro hombre.

Luego de sus confesiones permanecieron mirándose fijamente. Al hombre se le escapó una sonrisa y a la mujer también. Se dieron un abrazo, un beso tierno y caminaron hacia el balcón tomados de la mano. Al cabo de unos minutos el cielo se oscureció para siempre.

La catrina más bella

Cecilia Marivel Galindo Guajardo

El pequeño estudio fotográfico casi está listo, el ciclorama negro, lámparas de iluminación, un pequeño sillón, un almohadón, velas, flores y accesorios para la sesión, cámara y trípode, maquillaje para la modelo, un espejo de repisa, un espejo de pie de cuerpo completo, una botella de aguardiente y dos pequeños vasos (para brindar al terminar la sesión), un ventilador de pedestal, una mesa y dos sillas, un escritorio y, sobre él, una laptop... Solo falta ella.

Aún faltan veinte minutos para la hora que han acordado. Mientras tanto, Marco puede bosquejar e ir ideando algunas poses para que nada sea improvisado. Él está nervioso, espera que ella no lo note. Siempre aguarda este día para fotografiar a la joven más bella, la única que puede representar a la catrina con una naturalidad maravillosa... es como si ella hubiera nacido siendo catrina.

El sonido del timbre anuncia la llegada de Ana. Marco se apresura a abrir la puerta.

—Buenas tardes, bienvenida, Ana, pasa.

—Buenas tardes, con permiso.

Los dos avanzan hacia el fondo del local, donde se encuentra todo listo. Ana viste un hermoso vestido negro, su rostro está cubierto de maquillaje blanco resaltando el borde de los ojos con delineador negro, la comisura de los labios está seguida de una larga línea negra, los labios en rojo brillante, en la frente una hermosa diadema de flores... la mejor caracterización de catrina. Figura creada en 1910 por José Guadalupe Posada, y después popularizada por el muralista Diego Rivera.

—Ana, quiero que estés cómoda. Siempre inicio las sesiones con tomas de cuerpo entero. Así que, si te parece bien y estás lista, podemos empezar. Por favor pasa al centro de la alfombra. Muy bien, relaja los hombros, gira la cabeza un poco a la derecha levanta la barbilla, y lleva la mano derecha a la cintura.

Ana lo escucha con atención, toma el lugar que le ha señalado y sigue todas las indicaciones. El nerviosismo de Marco le ha jugado mal, y ha olvidado que frente a él está una modelo experimentada, a quien no es necesario sugerir ninguna pose, ya que ella lo hace de manera natural.

Ana, de una belleza poco común y con una larga trayectoria dentro del modelaje, ha dejado que sea Marco quien la guíe y dirija la sesión. Le parece divertido recordar sus inicios, cuando los fotógrafos tenían que darle indicaciones para lograr buenas tomas. Después de cada flashazo, Marco la elogia.

—Muy bien, maravilloso. Ahora voltea a la cámara, sonríe... ¡sí, así! Muy bien, perfecto.

Después de varios minutos, Marco sugiere un descanso.

—En la repisa que está bajo el espejo hay algunos maquillajes. No creo que sea necesario, pero si lo deseas puedes retocar. Yo te sigo viendo perfecta.

—Gracias. Tengo sed. ¿Me regalas un poco de agua, por favor?

—Claro, enseguida te lo traigo.

Ana toma asiento y espera mientras Marco, apurado, va en busca del agua.

—Aquí tienes.

Ana bebe el agua y observa que Marco acerca el pequeño sillón al centro de la alfombra junto con las flores, velas y accesorios.

—¿Necesitas ayuda?

—Tranquila, tú descansa, esto quedará listo en un par de minutos.

—Las flores son lindas, ¿ya las tenías en casa o las has comprado para la sesión?

—Las he comprado para ti, pero me parecieron fantásticas para hacer algunas fotografías.

—Gracias.

El escenario ya está preparado...

—Listo, ya podemos continuar.

Ana se levanta y, siguiendo el juego del inicio, espera que Marco le dé indicaciones de lo que debe hacer.

—Muy bien, por favor, descansa sobre el sillón.

Se acerca a ella, le da las flores, y la prepara.

—Perfecto, tu brazo aquí, la mano sobre el vientre, aquí las flores, la mirada hacia la silla...

Agarra la cámara, hace algunas tomas de frente, las ve en la pantalla... y regresa.

—Así como estás, la misma pose. Ahora me pondré en diagonal a ti, sigue dirigiendo la mirada a la silla. Uno, dos... ¡va!

Marco revisa la fotografía y queda maravillado.

—¡Es perfecta!

Se acerca a ella y le muestra la imagen en la pantalla de la cámara.

—Definitivamente, esta es maravillosa, es perfecta. Con esta ya terminamos. ¿Hay alguna pose o alguna fotografía que quieras?

—No, gracias. Me gusta mucho la última que tomaste.

Ella se levanta del sillón, y saca de su bolso un pequeño estuche, lo abre y toma unas toallas desmaquillantes. Los dos se sientan junto a la mesa, y ella empieza el ritual de retirarse el maquillaje que cubre todo el rostro. Él acerca la botella de aguardiente, sirve en los dos vasitos y le pasa uno a Ana.

—Salud... gracias por permitirme fotografiarte.

Lo dice de una manera divertida y juguetona, sabiendo que a quien tiene frente a él es su novia, con quien lleva una larga relación.

—Salud, un placer haber trabajado contigo.

Chocan sus vasos y dan un pequeño sorbo. Después de algunos tragos, Marco frunce el ceño intentando ver el rostro de Ana, pero no logra entender por qué sólo ve un espectro. Agita la cabeza de lado a lado con los ojos cerrados y se lleva las manos a la cara. Al abrirlos, descubre que la botella de aguardiente está vacía, que no hay nadie más en el pequeño estudio improvisado.

Se levanta zigzagueando por el efecto del alcohol que ha consumido, dirigiéndose al sofá donde hay un pequeño portarretratos con la fotografía de Ana, el cual abraza antes de quedarse ahí dormido.

A la mañana siguiente despierta con un fuerte dolor de cabeza. Una vez más, como cada año en noviembre, decora su pequeño estudio con objetos que alguna vez pertenecieron a Ana. Con tristeza y un dolor aún más fuerte que el provocado por el alcohol, recuerda que todo aquello nunca sucedió, que todo es parte de la ilusión con la que espera que Ana lo visite en este día tan especial, el Día de los Muertos. Según la tradición mexicana en ese día renace la esperanza de volver a encontrarse con los seres amados, con aquellos que ya han partido de esta vida, con aquellos que ya han muerto... como Ana, fallecida hace tres años.

Superintergaláctica

Lorena Franco

Antes de salir a buscar *Superintergaláctica 300,* Felipe se aseguró de que todo estuviese preparado: la estación de juego tenía los monitores encendidos y el armario guardaba suficiente comida enlatada y líquidos como para sobrevivir un mes encerrado. Llevaba veinticuatro semanas esperando la tercera serie del videojuego, las que aprovechó para estudiar los apuntes minuciosos de las estrategias que había descubierto y mejorado en las versiones anteriores. Cuando salió al mercado el segundo, *Superintergaláctica 200,* aquel joven de diecinueve años que apenas lucía una sombra de bigote había logrado completar la versión inaugural decenas de veces, resuelto a destacarse en los *rankings* virtuales. Fue importuno, pues, que Felipe no alcanzara a pertenecer a los primeros mil jugadores. Pese al sentimiento de fracaso, regresó a la práctica disciplinada varios días después, anticipando el tercer lanzamiento de la colección de videojuegos más largos en la historia.

Parte del éxito del videojuego dependía de cuán pronto podía comenzar a jugar, así que salió de su casa minutos antes de que sonara su alarma. El apuro por llegar a la tienda y tener el juego en sus manos pudo más que el olor al desayuno que le había confeccionado su madre; dos revoltillos de jamón, queso y cebollas acompañados de una jalea que había preparado la noche antes. Felipe llegó a la tienda previo a que abriera a las nueve de la mañana. No era el primero. Afuera de la entrada, una fila extensa de fanáticos esperaba para adquirir su copia. Por ser de los pocos en obtener el juego de antemano, regalo adelantado de su madre por los próximos dos cumpleaños, restó colarse en el cajero, pedirlo y listo. Salió de la tienda con la frente erguida y una sonrisa pretenciosa. Mientras los jugadores novatos aún aguardaban impacientes, Felipe se apresuró a su hogar para comenzar el reto por delante.

Al llegar, una ambulancia y una patrulla de policías bloqueaban la entrada del condominio mientras los vecinos esperaban aglomerados al otro lado de la calle. Felipe desafió la cinta amarilla que rodeaba el perímetro, pero una guardia lo agarró por el hombro antes de que pudiera alcanzar la escalera. Nadie puede subir, le dijo. El joven tensó su cuerpo mientras un calentón acaparó sus orejas. Felipe trató de explicarle que urgía llegar a su habitación, pero la guardia insistió en que permaneciera con el resto del grupo hasta que diera aviso. Al otro lado, los vecinos murmuraban que había sido un infarto lo que le había dado a su madre con quien único había vivido su vida hasta entonces. Fue la vecina de abajo quien la encontró en la sala luego de escuchar el golpe estruendoso de su cuerpo caer contra el piso de madera. Cuando vio a Felipe acercarse a la escena, la vecina vino de prisa hacia él y lo fundió en un abrazo mientras sollozaba en su hombro.

—Ay, papito. Tu mamá que era tan buena, que me traía potes con comida cuando le sobraba alguito. ¡Que Dios y la Virgen la tengan en la gloria!

La vecina se desprendió al percatarse de que Felipe no le devolvía el abrazo. De hecho, no devolvió nada. No sonrió, no se disculpó, no hizo preguntas. En vez, corrió de prisa hacia el edificio y subió hacia su apartamento que ya tenía la puerta abierta. Varios policías trataron de intervenir, pero por gracia divina intergalaxista, Felipe logró ser más veloz y pudo encerrarse en su cuarto.

Sin perder más tiempo, comenzó a jugar a eso del mediodía. Solo vino a tomar un reposo en la madrugada del día siguiente, cuando tomó un breve receso para verificar las estadísticas globales. La competencia a nivel internacional prometía un desafío cortante. Si quería probarse ante la comunidad, tendría que aniquilar a los oponentes de China y de Estados Unidos; los dos países con mayor número de jugadores profesionales en el mundo. El conflicto entre ambos imperios era igual de palpable en el mundo de los videojuegos que en la realidad. A ellos se sumaban Suecia, Alemania y Corea del Sur.

La primera semana fue tal como lo había proyectado: desafiante, pero lo suficientemente predecible como para compensar las horas que había perdido al inicio. El joven no escuchó los golpes de los vecinos en la puerta que imploraban asistiera a los actos fúnebres de su madre, días después de su muerte. Su cuarto se había convertido en una nave espacial hecha del más fuerte metal de aluminio, conquistando planetas y haciendo alianzas de poder con otras galaxias. Pensarse inmerso en el juego como parte de un personaje era una de sus tácticas. Fue eso, en conjunto con las destrezas que había perfeccionado a repetición, lo que hizo posible que alcanzara a estar entre las primeras mil posiciones en el primer módulo del juego. Cualquier otro novato hubiera celebrado, causando un exceso de confianza en sus habilidades que acabarían por liquidarlo. De eso, Felipe ya había aprendido.

El verdadero reto se avecinó en la tercera semana cuando los niveles se volvieron más difíciles de pasar, poniendo en jaque su plan. Uno de los foros del juego había reportado la primera ganadora; una muchacha de Beijing que logró acabar el juego en veinte días, once horas y cuatro minutos, un récord en la comunidad de superintergalaxistas. Quienes le siguieron también eran jugadores profesionales, auspiciados por marcas que no se limitaban al mundo de videojuegos. Eso no intimidó a Felipe, quien tuvo un rendimiento tan sorprendente que logró alcanzar el último, sin percances significativos, contrario a varios jugadores que reportaron derrames oculares por los lacerantes dolores de cabeza ocasionados por el juego. Felipe completaría el nivel final justo al mes de haber comenzado a jugar, acabando tres posiciones anteriores al quinientos.

Por años soñó con el instante en que apagaría los monitores siendo un ganador. Pensó que estaría lleno de magia y gloria, pero en vez, el silencio del polvo bailando en el aire acaparó toda la habitación. De camino a la puerta, vio su reflejo en el espejo que guindaba en la pared adyacente. La sombra que alguna vez tuvo por bigote se había convertido en una hilera de vellos y su cabello había crecido al menos tres pulgadas. Tan pronto giró la perilla, una ráfaga de viento hizo el favor de abrirle la puerta, mezclando el olor a huevo rancio con el de sudor y desecho humano que emanaba de las botellas de plástico y los periódicos enrollados. En ese momento sintió una corriente de hielo recorrerle la espina dorsal.

En la sala, los espejuelos de su madre descansaban al borde del sofá junto con una de sus revistas favoritas.

Las piernas de Felipe, debilitadas por permanecer inertes durante un periodo absurdo, cedieron bajo él y se desplomó de camino al sofá. Los llantos que salieron de aquel apartamento retumbaron por todo el edificio hasta que el cansancio pudo más que el dolor de pecho. Permaneció dormido hasta que el ruido de la lluvia contra las ventanas lo levantaron al día siguiente. Como quien despierta de un descanso restaurador, Felipe se recompuso y regresó al cuarto a prepararse para *Superintergaláctica 400*.

Despedida frente al Sena

Sandra M. Colorado Vega

Caminas encorvado, paso lento, como si te pesara el tiempo vivido. Tu cuerpo delgado se resiste, pero no te dejas vencer; estás decidido. Te parece que los transeúntes se voltean a mirarte: unos con compasión, otros por curiosidad. ¿Acaso se preguntan por qué estás solo, si tus familiares saben dónde estás o si te has escapado y en algún lugar alguien te extraña? Tu figura luce frágil. Te percatas de que tu piel es como seda transparente donde los años han dejado su huella.

En tu cabeza solo se observa un remanente de lo que fue una cabellera abundante y hermosa, el orgullo de un Juan Tenorio, como te decían tus amigos. Te detienes. Gotas de sudor frío cubren la piel de tu rostro. Te sientes desvanecer y te sobrecogen las náuseas. No permites que estas dominen tu cuerpo enfermo y contienes los deseos de vomitar. Te sientas en un banco y, mientras descansas, observas desde lejos lo que fue tu meta en la vida y ahora será tu muerte. Te parece una gigante, poderosa e indestructible. Es una maravilla de líneas rectas. Ella fue testigo de tus amoríos.

En las noches, cuando se iluminaba, te sorprendió más de una vez con una de tantas conquistas atrapada en tus brazos, desfallecida de deseo y pasión. Tú, sonrojado, abrazabas a la de turno. Calmabas su desespero con tus besos húmedos de lujuria.

Estuviste con muchas, pero ninguna como ella, como tu Marion. Te impactó que una mujer de ojos rasgados y nariz pequeña te llamara tanto la atención, pues sus rasgos físicos estaban muy lejos de tu modelo de mujer. Te sedujo con su hablar cadencioso, su suave feminidad, su dulzura al acariciarte y su cuerpo menudo y delicado. Recuerdas cuando tomaron el barco por el río Sena. Desde la proa admiraron aquel símbolo de Europa. Vieron cómo ostentaba su hermosura al caer la noche hasta quedar iluminada. Marion se recostó sobre tu hombro abrazándote por la cintura, buscando calor debajo de tu abrigo. Repetías para tus adentros que ese abrazo era lo más parecido a lo que denominan una sola carne. Ambos temblaban de emoción. Se besaron largamente tratando de perpetuar el momento y esa intimidad duró cincuenta años. Una mañana fría llegó el caballero andante y le extendió su mano esquelética. Ella se fue bailando con él a ese lugar donde ya no tendría sufrimientos ni le dolería más el cuerpo.

Dos años después, descubrieron en ti el mismo mal que la torturó a ella. El distinguido tabaco, que en ese tiempo estaba tan de moda entre los jóvenes porque les daba una apariencia seductora y los ayudaba a superar el frío de la ciudad, te mostraba su sonrisa siniestra. Marion había sido una guerrera, siempre fue más fuerte que tú. Tú no sientes que tienes que permanecer en esa lucha. ¿Para qué? No hay mañana si un amor no te espera y el tuyo ya había partido. Por eso quieres acelerar su encuentro.

Recuerdas que esa torre también fue testigo de tus sueños de estudiante de arquitectura. La observaste tan minuciosamente, que la envidia te sedujo por no ser tú el que concibió tan majestuosa obra arquitectónica. Era tu refugio y hoy será lo que tus ojos verán por última vez. La contemplas alta, orgullosa, inalcanzable para tu edad. Su belleza reflejada en el río Sena te hace pensar: "¿No sería más fácil utilizar el Sena para mis propósitos y que sus aguas calmen este dolor tan intenso, dueño de todo mi cuerpo?" No, no deseas que algún turista con ínfulas de héroe intervenga en tu objetivo e impida que logres lo que te has propuesto.

Ya te sientes más descansado. Te levantas con dificultad y prosigues la marcha. Estás más cerca, ya casi sientes cómo la sombra del monstruo de hierro te abraza. Subes en el ascensor al segundo piso y desde allí observas la hermosa ciudad. Comprendes, una vez más, por qué es un lugar tan visitado por turistas de todo el mundo. Es impresionante desde abajo, y cuando estás en sus entrañas, te regala una vista que sobrecoge el alma. Adviertes que hay demasiada gente cerca. Para colmo, unas mallas la rodean; hacen imposible asomarse un poco más de lo necesario. ¿Cuándo las pusieron? No las recuerdas. ¿Acaso otros han tenido la misma idea que tú? Sientes tus labios secos y piensas que deben lucir lívidos, como los de los muertos en los velorios. Te falta el aire, pero aun así tomas el ascensor al tercer piso.

Hay menos curiosos en este nivel, pero también es más pequeño. ¡Qué desilusión! Esta área está protegida con mallas, al igual que la anterior. De todas formas, no tienes fuerzas para nada más. Te recuestas admirando lo pequeño que se ve todo desde 276 metros de altura. Observas que desde esa distancia las personas parecen hormigas y el barco que lleva a los turistas por el río Sena asemeja ser de juguete. Sientes el pulso acelerado. La vista se te nubla. Una joven de pelo negro largo y ojos almendrados color verde mar se te acerca preocupada. La despachas cortésmente fingiendo que estás bien. Te divierte pensar que en tus mejores años semejante belleza no se te hubiera escapado.

Sabes que tus piernas no te sostendrán por más tiempo y te sujetas fuertemente de una viga fría. Sientes que las fuerzas te abandonan y, para no llamar la atención de algún samaritano, te colocas donde no estés tan expuesto a la vista de los curiosos. Hace mucho frío. Morfeo intenta abrazarte, pero te resistes. Evalúas tu vida llena de éxitos, viajes, amores y la estabilidad que coló Marion atrevidamente por la puerta y sin esfuerzo. "¡Marion, mi Marion!" Sabes que te espera. Una paz inmensa te inunda. Posas tus ojos en el Sena. Te sientes protegido por la seguridad que te da tu cómplice de hierro. Suavemente, te deslizas hasta quedar sentado en el suelo.

Observas que el mozo del bar corre hacia ti y trata de levantarte. Lo detienes extendiendo la palma de tu mano verticalmente y le pides una copa de champán rosado, que te sirve presuroso. Con un último esfuerzo, levantas la copa y murmuras: "Hasta luego, vieja amiga". Antes de lograr llevar esta a tus labios, cae. Queda destrozada en el suelo. Sus cristales se esparcen recibiendo la poca luz que se cuela y los transforma en estrellitas de colores. Una lágrima insolente se te escapa mientras tus labios dibujan una última sonrisa, cual mudo testimonio de que encontraste el anhelado descanso.

De inmediato, la Torre Eiffel se ilumina con los colores de la bandera japonesa, como si quisiera guiarte hacia tu último destino y a tu gran amor, la japonesa Marion. Es el 13 de septiembre de 2018.

El sillón de abuela

José M. Benítez Martín

El cuarto era el mundo de abuela. Por las mañanas la enfermera la levantaba con la ayuda de una grúa portátil, la aseaba, le cambiaba las sábanas y le servía el desayuno. Al mediodía mamá le preparaba el almuerzo y a las seis de la tarde la cena, siempre teniendo en cuenta que también padecía de diabetes. El televisor anclado en la pared permanecía encendido todo el día, aunque abuela no era capaz de ver un programa completo. Sobre la mesa de noche se encontraba un radio con reloj y alarma, la estatua de la Virgen de la Caridad del Cobre, un vaso con agua y el rosario bendecido por el Papa que le traje cuando visité el Vaticano hacía un año. Al lado derecho de la cama, cerca de la ventana, estaba el viejo sillón, con asiento y espaldar de paja, que abuela conservaba desde antes de yo nacer.

En las noches me sentaba en el sillón y charlábamos un buén rato. Abuela pretendía resolver cualquier asunto cotidiano. Me preguntaba una y otra vez sobre los aconteceres de cada miembro de la familia. Yo le aseguraba que todo estaba en orden para no preocuparla; ella procedía con un repertorio de consejos. Terminábamos las veladas con las añoranzas de antaño.

La relación de abuela con la enfermera a veces se tornaba incómoda. Un día llegó apresurada y se le ocurrió dejar la cartera en el piso. Creyendo en no sé qué maldición, abuela no permitió que la enfermera la tocara. Mi madre me llamó al trabajo para que fuera a ayudar con las labores. En otra ocasión descubrió unos granitos de sal en la bandeja del desayuno. No quiso comer, a pesar de que la enfermera y mi madre hicieron la ceremonia de tirar sal hacia atrás por encima del hombro izquierdo. Se la pasó rezando el rosario casi todo el tiempo. Mi madre conocía bien sus creencias, por lo que cuando yo llegaba por las noches abuela ya estaba relajada de los cuidados del día.

Desde el sillón disfrutaba esas historias que la matriarca de la familia contaba con precisos detalles.

—Ese primer parto de tu madre fue bien largo y difícil; naciste con vida gracias a la intercesión de la Virgen. Tu madre y yo le hicimos la promesa de visitar el Santuario del Cobre —me contó en varias ocasiones—. Las abuelas siempre encuentran bellos a los nietos, pero tú parecías a un lagartijo verde y flaco dentro de esa incubadora. Ahora mira qué hermoso te has puesto.

Después de dos o tres relatos abuela se iba aplacando y aparentaba dormir como para indicar que me podía retirar. Me levantaba con cuidado, aseguraba que el sillón no se moviera, apagaba la luz, y a puntillas salía del cuarto.

En ocasiones me llamaba después de haberme apartado. Subía de nuevo las escaleras, entraba al cuarto, encendía la luz, y me decía:

—Manolito, dejaste el sillón meciéndose. Eso es malo. ¿Cuántas veces te lo tengo que decir?

—Abuela, tan católica que tú eres y sigues creyendo en superticiones.

Yo tocaba el sillón para que ella viera que estaba inmóvil.

Abuela respondía:

—El sillón vacío no se deja meneando porque atrae los espíritus de nuestros ancestros para ocuparlo. Y si a mí me dicen que algo es malo, ¿por qué voy a arriesgarme para comprobar si es verdad?

Una noche me estaba haciendo el cuento de la gallina a la que ella le puso en el nido huevos de una pata que había muerto; decía que los incubó y que se criaron los patitos junto con los pollitos. De pronto interrumpió el relato para pedirme que le trajera un platillo con casquitos de guayaba con queso crema. Bajé a la cocina y se lo preparé. Al regresar pensé que terminaría de contar cómo los pollitos intentaban entrar al charco a nadar detrás de los patitos y que la gallina en la orilla se volvía loca cacareando. Lo que recibí fue un rotundo regaño; con la prisa había dejado el sillón en movimiento otra vez.

Hice un gesto súbito simulando que le quitaba el plato que tenía al frente y le dije:

—Los casquitos de guayaba te tienen la diabetes por las nubes, el sillón no te hace ningún daño. Si mami se entera no dejará que venga a verte por las noches.

Ella se enojó y me dijo:

—Soy tu abuela, tu madre dos veces y jefa de esta familia, sé mejor que todos ustedes lo que digo y lo que hago, no te atrevas a tocar este plato.

Quedé en silencio hasta que terminó la merienda, recogí el plato, aseguré el sillón, la besé y me alejé.

Con el pasar del tiempo, la rutina se agudizó y siempre me llamaba para repetir el mismo ritual. Regresaba al cuarto, tocaba por unos segundos el viejo sillón, le daba otro beso y me despedía por segunda vez.

Una noche después de salir, abuela no me volvió a llamar. Al rato escuché una conmoción seguida por un crujido repetitivo proveniente del cuarto. Subí las escaleras corriendo, entré y encendí la luz. Noté que sujetaba el rosario en su mano izquierda y la imagen de la Caridad del Cobre en la derecha. Me acerqué a la cama. Aparentaba dormir feliz. El sillón se mecía solo. Abuela no respiraba.

Inverosímil

Sonia Ilemar Baerga

Victoria encontró el cuerpo descompuesto de su madre. Jamás olvidaría esos ojos que alguna vez la miraron con ternura y ahora estaban gélidos e inertes. Por alguna extraña razón, aquella mañana el piso estaba más frío que de costumbre. Notó que su corazón latía diferente, casi al mismo ritmo que el sonido de las manecillas del reloj que colgaba en la pared de la cocina.

Su abuelo llegó. Se encontraron cara a cara en la habitación a la que ella tenía prohibido entrar. Ese día algo la había hecho desafiar las reglas. No pudo evitar la sospecha cuando lo vio salir silencioso del hogar en la mañana. Iba con su sonrisa tétrica perenne, la misma de siempre. Ahora se cruzaban las miradas. Los dos sigilosamente sacaron un arma. Solo se escuchó un disparo y un sonido hueco de un cuerpo recién caído al suelo. Un cuerpo pesado, de hombre viejo e infame.

¿Quién asesinó a Antonia Megano?

Ana María Díaz

El cadáver de Antonia Megano fue hallado una mañana de la recién iniciada primavera, tirado junto a un banco de piedra del Parque del Norte. El cuerpo fue trasladado al Departamento Forense de la Policía, donde se le practicó la correspondiente autopsia. A pesar de que los médicos forenses dicen que los cadáveres cuentan cómo murieron, en este caso no fue así. Solo se pudo saber que la mujer fue asesinada por un golpe en su cabeza con un objeto contundente que le destrozó el cráneo; no presentaba ningún otro signo de violencia ni de violación. Se encontraron unos pocos cabellos en su mano izquierda, enganchados en su anillo, que se enviaron a un laboratorio especializado en hacer estudios de ADN.

Se asignó el caso al detective Augusto Ferrari quien inició su trabajo con la búsqueda del objeto usado para dar el golpe mortal. Aunque se rastreó por todo el parque, no se encontró nada. Repasó los datos de Antonia: mujer de 28 años, natural del pueblo de Coronel Fernández, trasladada a la capital hace ocho años, empleada

pública en el Ministerio de Bienestar Social en un puesto de mínima jerarquía, no se conoce ninguna relación de tipo sentimental
de la occisa. Estos datos no le decían mucho, mejor dicho, nada.

Entrevistó a los vecinos de Antonia. Le aseguraron que era
muy buena persona, sin embargo, no tenía amistad con ninguno
de ellos. Sus únicas conversaciones eran saludos formales, comen-
tarios sobre el clima, el aumento en el pago de los servicios de agua
y energía eléctrica, pero nada que permitiera conocer algo de ella.

Visitó su apartamento en busca de alguna pista. Era pequeño,
todo estaba muy ordenado y limpio, no vio nada que le ayudase en
la investigación. Buscó cartas, notas, diarios o agendas que permi-
tieran conocer un poco más de esta joven, pero la búsqueda no dio
ningún resultado. Lo único que llamó su atención fue una caja de
prueba de embarazo con fecha de vencimiento de seis años atrás.

Con los compañeros de trabajo obtuvo más o menos los mismos resultados. Le confirmaron que era buena persona, amable,
servicial, pero muy reservada. Lo que apenas sabían de ella era
que le gustaban las novelas románticas, la música clásica, las buenas películas, aunque casi no iba a conciertos o al cine porque no
quería hacerlo sola, sin embargo, nunca aceptó invitaciones que le
hicieron algunos compañeros. No asistía a las fiestas de Navidad
o a otras actividades sociales que se organizaban en la oficina. Su
jefe le dijo que era buena empleada, muy eficiente en su trabajo,
puntual. Nadie conocía que tuviera alguna relación sentimental.

En las entrevistas con vecinos y compañeros de trabajo, el detective preguntó si Antonia asistía a alguna iglesia. Las respuestas
eran negativas. No obstante, visitó iglesias de todas las denomina-
ciones en la capital y zonas cercanas. Mostraba fotos de Antonia a
sacerdotes, pastores, rabinos, imanes y cuanto líder religioso apa-

recía en su entorno, y a los asistentes a todas esas iglesias. Siempre le contestaban que no la conocían.

Decepcionado ante la falta de algún hilo que seguir, decidió emprender el largo viaje de más de 800 kilómetros hasta Coronel Fernández. Visitó a la madre, que lo recibió muy apenada. No se había repuesto de la muerte de Antonia, su única hija. Entre llantos, le contó que se había ido a la capital hacía ocho años para poder trabajar en lo que le gustaba: diseño de modas, en el pueblo no tenía ninguna posibilidad de desarrollarse en esa especialidad. Le escribía contándole que tenía mucho éxito en su trabajo. Todos los meses le giraba una buena cantidad de dinero que le permitía subsistir, pues su pensión era la mínima y apenas le alcanzaba para las medicinas. Ahora sin ese dinero no sabía cómo podría seguir viviendo. Desde que Antonia se fue, solo volvió dos veces en vacaciones. No podía ir porque tenía demasiado trabajo. Ferrari comprendió que ella le mentía a su madre sobre sus logros laborales, pero decidió no contarle la verdad a la señora. No quiso romperle la ilusión.

Ferrari también se entrevistó con amigas de la infancia de Antonia. Marisa Puente le dio algunas pistas. Le contó que Antonia se fue a la capital a estudiar Diseño Gráfico, había obtenido una beca y fue aceptada en una escuela muy famosa. Unos meses después de haberse mudado, recibió la única carta que le escribió durante todo el tiempo que vivió fuera del pueblo. Le contaba que hacía unos días había ido a pasear al puerto, porque quería ver los grandes barcos, soñaba con hacer un viaje en un crucero de lujo. Mientras estaba ensimismada mirando los buques, se le acercó por atrás un hombre que le habló en un idioma desconocido, la arrastró hasta un miserable cuartucho en los fondos de un bar y allí la violó y la abandonó. Esto le afectó mucho. Aseguró a su amiga que no quería relacionarse con nadie en la capital; todas las personas le daban miedo, pero no pensaba volver derrotada al pueblo. El detective entendió el porqué de su carácter reservado y el hallazgo de la prueba de embarazo.

Aunque sus familiares y amistades le dijeron que Antonia había sido atea desde siempre, por las dudas, recorrió las iglesias del pueblo, que no eran muchas, preguntando si la habían conocido. Nadie sabía nada de ella.

Ya que estaba en el pueblo, aprovechó el viaje para recorrerlo. Quedó encantado con la belleza del atardecer a orillas del río Azul que corría por las afueras de la zona urbana, la región rural era paradisíaca y la gente muy amable. Pensaba: "¿Por qué esa joven se habrá quedado en la capital con ese trauma y en un empleo miserable en vez de volver a este pueblo encantador?".

Al regresar a la capital, Ferrari fue a la escuela donde Marisa le había dicho que estudiaría Antonia. Allí le dijeron que nunca habían recibido una solicitud de admisión de esa persona; jamás tuvieron una estudiante de Diseño Gráfico u otra especialidad con ese nombre. El detective estaba, cada vez, más desorientado.

Investigó qué barcos habían estado anclados en el puerto para fechas cercanas a la de esa carta. Todos eran de bandera de países en los que se hablaba español, salvo uno de bandera estadounidense. Ella hablaba un perfecto inglés. Dedujo que era poco probable que el violador fuera tripulante de alguno de esos barcos.

La zona portuaria había sido totalmente remodelada en los últimos años, ahora había restaurantes y tiendas de lujo, incluso algunos edificios de apartamentos de alto costo. Ya no existía el bar con el cuarto donde se cometió la violación. Nadie le supo informar sobre ese establecimiento, tampoco del hombre que hablaba en idioma desconocido. No podía descartar que el violador fuera persona de interés en este crimen, a pesar de que le parecía extraño que después de tantos años se involucrara con Antonia. Averiguó que ella no había hecho ninguna denuncia sobre la violación.

Buscó en las redes sociales si existía alguna cuenta a nombre de Antonia Megano, pero no encontró nada. Era un ser ignorado en el mundo cibernético, aunque tenía dirección de correo electrónico. Investigó esta cuenta. Todo lo que encontró fueron mensajes referidos a su trabajo, nada de índole personal. Solicitó a los técnicos de la unidad de computación de la policía que le proveyeran todos los mensajes enviados y borrados desde que se creó la cuenta. Cuando le entregaron la lista, que era de varios miles de mensajes, sufrió una gran decepción. Eran todos de características laborales. Asimismo, comprobó que Antonia no tenía cuenta de teléfono móvil. Ferrari se preguntaba: "¿Esta muchacha viviría en el siglo XIX y no en el XXI?".

Los resultados del ADN de las muestras de cabellos mandadas a analizar coincidían en un 100% con el de la occisa, o sea, que pertenecían a ella. Dedujo que al recibir el golpe se llevó la mano a la cabeza y algunos cabellos quedaron enredados en su anillo.

Augusto estaba frustrado con la falta de resultados en esta investigación. Se despertaba sobresaltado en la madrugada, tenía pesadillas donde se le aparecía Antonia burlándose de él. Su esposa le ofrecía todo tipo de mimos, lo trataba de seducir con sus encantos, pero Augusto no respondía a sus reclamos amorosos. Lo único que le preocupaba era resolver este crimen. A veces pensaba que esa mujer no fue real, no tuvo una existencia tangible, ni dejó huellas de su paso por el mundo. No obstante, existía un cadáver, había ocurrido un asesinato, y él era incapaz de resolverlo. Esto le bajaba la autoestima, sentía que era un fracasado.

Pasaron varios meses sin obtener ningún resultado que permitiera esclarecer el crimen. Un día, el jefe de la policía llamó a Ferrari para informarle que el caso de Antonia Megano se archivaría. Ya se había gastado mucho tiempo y dinero en una investigación que no llevaba a ningún lado. Ferrari trató de convencerlo de que podría ser resuelto, empero sus argumentos fueron muy débiles. La decisión ya estaba tomada, era un caso archivado, había muchos otros nuevos crímenes que investigar.

Ferrari se sintió muy desilusionado, siempre había podido resolver los casos asignados por más complicados que fueran. Esta muchacha le había hecho romper su trayectoria de excelente investigador. Al salir del trabajo, sin saber por qué, sus pasos lo llevaron al Parque del Norte donde había aparecido el cadáver de Antonia. Los árboles mostraban la explosión de los colores del otoño, marrón, ocre, amarillo, rojo, era un espectáculo que siempre le había gustado más que la exuberancia de la primavera. A lo lejos veía la estatua del prócer nacional cuyas hazañas admiraba tanto en la niñez.

Se sentó en el banco de piedra a cuyo lado fue encontrado el cuerpo de la muchacha. Allí mismo estaba sentado un hombre que, evidentemente, parecía ser un vagabundo. Vestía ropas raídas, zapatos diferentes y un sombrero que solo conservaba el ala, hablaba solo, y cantaba a media voz una vieja canción infantil haciendo gestos muy extraños. Ferrari intuyó que no estaba en su sano juicio. Se acercó al detective y le dijo:

—Usted no puede sentarse allí, nuestra conversación es privada y no puede escucharla.

Augusto lo miró incrédulo.

—¿Con quién está conversando?

—Con Antonia Megano. Todas las tardes nos reunimos a charlar. Antes ella leía hasta que oscurecía. De noche no se veía nada, la municipalidad no se ocupaba de poner focos en el parque. Ahora solo hablamos.

El detective no podía creer lo que escuchaba.

—Antonia murió, fue asesinada aquí mismo.

—No murió. Se fue de este mundo, pero vuelve para hablar conmigo. Ambos nos fuimos al mismo tiempo al Parque del Sur porque en este hace mucho calor. Como ahora que ya es otoño, volvimos al del Norte que es más lindo.

Ferrari dedujo que por ese cambio de "residencia" nunca lo había visto cuando iba al lugar del crimen.

El hombre le contó que ella era muy buena, siempre le traía comida y le regaló un abrigo porque en invierno se moría de frío. Antonia quería estudiar, pidió becas, nunca se las dieron y no podía pagar la escuela. Le mandaba la mitad de su sueldo a la madre. No sabía cómo podía vivir con lo poco que le quedaba. Decía que era una fracasada, que nunca tendría éxito y era mejor terminar con su vida, pero no podía hacerle eso a la mamá. A él le daba mucha pena, le decía que él, aunque no tenía nada, gozaba viendo las flores, los pajaritos, las mariposas, ella también debía disfrutar de la vida.

—¿Sabe quién la ayudó a viajar a otro lugar? —preguntó Ferrari. No quiso decir "la mató" pues ese hombre parecía no entender que estaba muerta.

El vagabundo le dijo que fue él. Ferrari se quedó atónito ante esta confesión.

—Un día llegó muy triste, me dijo que ya no podía más con su vida, que la ayudara. A mí lo único que se me ocurrió fue ir hasta la estatua del prócer, sacar la pata delantera del caballo que es muy fácil de desprender, volví y le pegué un golpe en la cabeza. Regresé a poner la pata en su lugar luego de limpiar los restos de sangre con una servilleta, el prócer no debe montar un caballo con la pata sucia. Fue sencillo de hacer. Cuando volví a donde estaba ella, vi que su alma se había desprendido, solo quedaba el cuerpo que era la caja donde la guardaba, y me fui feliz con su espíritu a mi lado. ¡Había ayudado a quien tanto me ayudó a mí!

Ferrari le preguntó si se lo contó a alguien más. El hombre le dijo que no, solo a él que parecía buena gente, pero ya debía levantarse del banco porque si no Antonia se iría.

El detective hizo una llamada al hospital psiquiátrico municipal pidiendo que fuesen a buscar a un loco pacífico. Le dijo al hombre que lo vendrían a buscar para llevarlo a un lugar donde tendría una cama, abrigo en invierno y comida todos los días. Allí podría visitarlo Antonia, pero nunca debía contarle a nadie que la ayudó a que su alma saliera de su cuerpo, ni que conversa con ella, podría decir que habla con otros espíritus que lo visitan.

El hombre sonrió y, mientras le hacía una reverencia, le entregó una flor de papel que hizo con un viejo periódico recogido del piso. Ferrari le devolvió la sonrisa. El caso estaba cerrado y archivado.

Un turbante blanco de algodón

Astrid Antoinette Billat

Me despierto en un lugar extraño. Estoy acostada en un suelo de tierra roja. No tengo manta, nada de beber ni de comer. Tengo el pie derecho encadenado a una pared de adobe. No hay ventanas, solo una puerta gruesa de madera oscura. La puerta se abre súbitamente y un hombre con una vestimenta de mangas anchas, unos calzones amplios y un turbante, entra y me mira en silencio. Se acerca y deposita a mis pies un pedazo de pan.

—¿Por qué estoy aquí? ¡Déjeme ir, por favor! ¡Déjeme ir, señor, se lo suplico!

El hombre me mira sin contestar. Abre la puerta nuevamente y sale.

—¡Déjeme ir! —digo sollozando. ¿Cómo he llegado aquí?

Estaba con mi padre descansando en la sombra de un olivo cuando de repente unos hombres, visiblemente árabes por su vestimenta y turbantes, llegaron a caballo. No dijeron nada. Uno de ellos me miró fijamente, me alzó y me montó a caballo. No recuerdo nada más, solo sé que me desperté en esta celda sucia. Quiero regresar a mi casa. Mi boda será en unos días, con el hijo de un comerciante importante que mi padre escogió. No lo conozco, pero espero que sea buen esposo y me trate bien ¿Cómo será mi futuro ahora si no me puedo casar? Una mujer de buena familia tiene que estar casada o ser monja. Mi madre me explicó que, para ser una buena mujer, tengo que ser obediente, cocinarle a mi esposo y darle muchos hijos. Me hubiera encantado casarme por amor, pero eso no existe, espero que un día logre amar a mi marido. Tengo miedo, no sé lo que va a pasar con mi futuro.

El mismo hombre vuelve a abrir la puerta. Tengo miedo. Se acerca a mí y me mira con intensidad. Me toca la cara y me acaricia el cabello.

—Ven conmigo.

—¡Déjeme ir! Tengo a una familia que de seguro me anda buscando —digo sollozando.

Sin contestar, el hombre libera mi pie derecho de las cadenas. Me coge del brazo y me saca de la celda. Al salir, el sol andaluz de Granada me ciega. Entro a un cuarto cuyas paredes están cubiertas por tallados escritos en árabe. El hombre cierra la puerta con llave y se va.

Entran dos mujeres árabes y enseguida me quitan la ropa sucia y me bañan. Luego, me visten con una túnica ancha y larga color ocre, me cubren la cabeza con un turbante blanco de algodón y me esconden el rostro detrás de un velo blanco semitransparente. Al terminar de vestirme, me ponen aretes de oro, varios brazaletes y me echan perfume de jazmín.

—¿Quiénes son? ¿Dónde estoy? ¡Déjenme ir a mi pueblo! Mi familia me espera. Se lo suplico.

—El Sultán ya pronto llega. Quédate tranquila. No hagas preguntas. Respétalo.

Después de lo que parece ser una eternidad, la puerta se abre lentamente y un hombre de unos treinta años pasa por el umbral. Lo miro atentamente. Está vestido con sayas de mangas anchas, con los faldones recogidos en la cintura y unos calzones anchos. Sus ojos color miel se fijan en mí mientras se acerca y me dice:

—Soy Mulay Hasan, el Emir de Granada.

—Por favor, déjeme regresar a mi pueblo. ¡Se lo suplico!

—No será posible. Necesito una segunda esposa y decidí que serás tú.

—¡Por favoooor, no! —digo mientras me caigo de rodillas sollozando.

Tú eres puro, puro chantaje
Puro, puro chantaje
Vas libre como el aire
No soy de ti ni de nadie

El timbre del celular de Paola la despierta. Contesta el teléfono, todavía dormida.

—Hola.

—Mi amor. ¿Dónde andas? ¿Qué haces? ¿Por qué no me contestaste los mensajes que te mandé?

—Hola, Cristóbal. Estaba echándome una siesta.

— ¿Por qué no me contestaste los mensajes? ¿Estás sola?

—¡Qué intenso eres! Te lo dije, estaba durmiendo.

—Bueno… ¿Nos vemos más tarde?

—No puedo hoy, tengo que seguir leyendo una novela para mi clase de mañana.

—Nunca puedes. Siempre estás ocupada, pero para andar con tus amiguitas ¡sí tienes tiempo!

—Déjame en paz, Cristóbal, qué pesado eres. Te hablo luego.

Tú eres puro, puro chantaje
Puro, puro chantaje

—¡Te dije que te hablaba luego, Cristóbal! —dice Paola exasperada al contestar el teléfono que suena otra vez.

—¿De nuevo tienes problemas con el jevo? —pregunta Naty.

—¡Naty! Ay sí, nena, él y sus inseguridades... es muy pesado. Es que tengo mucho que hacer para mañana. Tengo que terminar de leer una novela para mi clase de historia española y te juro que me siento como la protagonista de la novela. Cristóbal cree que puede hacer lo que quiera conmigo, igual que el sultán de Granada con Isabel de Solís en la novela que estoy leyendo. De hecho, es muy raro, ahora que me echaba mi siesta, soñé que era ella, presa en una celda en la Alhambra en el siglo XV. Luego, me sacaban de la celda para vestirme con una túnica, un turbante blanco, y brazaletes de oro. Entraba el sultán al cuarto para decirme que se iba a casar conmigo y... ¡Cristóbal me despertó con su llamada!

—¿Qué novela es?

—Se llama *Isabel de Solís. Soraya. Un cuento de amor en la Alhambra.* Cuenta que Isabel de Solís, quien vivió durante la dinastía Nazarí en Granada, poco antes de 1492, fue raptada por el sultán de Granada y luego tuvo que casarse con él.

—¡Qué horror que alguien te rapte así y te obligue a casarte!

—Dicen que él se enamoró de ella desde que la vio. Parece cliché, pero ella eventualmente se enamoró de él también, se convirtió al islam y tuvieron dos hijos.

—Pero ¿será por conveniencia? ¿no crees? Porque en realidad no tenía otra opción que aceptar —observa Naty.

—Bueno, si el sultán fue tan intenso con Isabel como Cristóbal lo es conmigo, me imagino que no fue fácil para ella decirle que no.

—Oye Pao, ¿por qué no dejas al jevo tuyo de una vez por todas? El tipo es un manipulador.

—Tienes razón, Naty. Cristóbal es superceloso. No me deja hacer nada, pero no puedo dejarlo. Lo amo.

—Ja… entonces desde hoy en adelante te voy a llamar la *Isabel de Solís del siglo XXI*, porque eres igualita a ella, manipulada por el hombre que supuestamente te ama. ¡Hasta te voy a regalar un turbante blanco!

—¡Qué exagerada eres! Aunque creo que, en el fondo, muchas mujeres somos un poco como Isabel, ¡pero solo un poco! Ja, ja. Oye, y el turbante blanco, ¡me lo regalas cuando quieras! Bueno, nena, te dejo, tengo que terminar la novela para mañana.

—Chévere, un besote, Pao. *Ciao.*

—*Ciao, ciao,* Naty.

Una vez termina la conversación, Paola se levanta y va a la cocina a buscar un vaso de agua. Cuando mira por la sala, encuentra la puerta del balcón abierta.

"Qué raro. Juraba que la había cerrado", piensa mientras se acerca a la terraza.

Al cerrar la puerta, se queda asombrada con el olor a jazmín y distingue en la silla un turbante blanco de algodón bailando en la brisa cálida. Recoge el turbante y el brazalete de oro en el piso, luego se queda perpleja.

De ahora en adelante te voy a llamar la Isabel de Solís del siglo XXI, porque eres igualita a ella... ¡Hasta te voy a regalar un turbante blanco!

—¡Dios mío! Naty tiene razón. Y hasta Isabel, desde mi sueño, me dejó su turbante y brazalete. Soy igualita a ella, una mujer que se deja manipular. Tengo que llamar a Cristóbal.

—¿Cristóbal? Tenemos que hablar...

El hombre más viejo del mundo

Efrén Rivera

No creo que exista alguien más viejo que yo; estoy casi seguro de eso. Tuve la desdicha de enterrar a mis padres, mis hijos, su madre, amigos y hasta al pastor que los despidió en sus velorios. Tener vida eterna es lo peor que me pudo pasar.

La primera vez que supe que no podía morir fue cuando mi madre perdió la vida. Mi padre, quien también murió un año más tarde, la encontró ya sin vida en la cama. Al saber la noticia traté de ahorcarme. Me encontraron dando patadas en el aire, colgando del techo y con los ojos casi brotados. Me ayudaron para que no muriera, pero nunca dije que llevaba aproximadamente cuatro horas colgando con aquella soga en el cuello. Eso fue algo que guardé en ese rincón de la mente donde nadie puede llegar. Después me traté de suicidar de diferentes maneras, pero no tenía éxito.

A decir verdad, no sé ni cuántos años llevo vivo, ya perdí la cuenta y hasta el interés de contar el tiempo. Pude ver cómo las montañas se convirtieron en carreteras, los vehículos de motor sustitu-

yeron a los caballos y hasta fui testigo del primer vuelo comercial. Como decía mi madre: "Es mejor morirse a tiempo que ver cómo todo se vuelve una mierda". Yo siempre hacía una mueca virando los ojos porque odiaba cuando hablaba en ese tono dramático. Ahora que he vivido tantas cosas lo entiendo perfectamente; todo se convirtió en una mierda... hasta yo.

Con tanto tiempo en las manos no sabía qué hacer. Ya nada me sorprendía, ni siquiera aquella famosa transmisión del primer hombre en la luna; esa mañana estaba en el velorio de un buen amigo y no me importaba nada más. A lo largo de mi vida estudié muchas cosas, cómo arquitectura, derecho, medicina, entre otras. Nada me llenaba. Me cansé de hacer edificios y transformar pequeños pueblos en metrópolis. Como abogado ya no me importaba interceder por nadie y menos cobrar por defender lo indefendible. Practicando la medicina le salvé la vida a muchas personas, pero luego me di cuenta de que era una ironía salvar a personas que igual se iban a morir. Me cansé de todo. Me mudé de domicilio muchísimas veces porque mis vecinos comenzaban a tener rastros del tiempo en sus rostros, pero el tiempo no me consideraba. Aproveché mi aspecto físico para entrar a las fuerzas armadas de los Estados Unidos, cuando todavía era obligatorio inscribirse. Me encariñé con esos cretinos del pelotón que no pasaban de veintiún años y se creían que lo habían vivido todo. Creo que fue interesante vivir una segunda juventud en otra época y con otra mentalidad. Sentí que al fin mi vida tenía sentido, pero los eventos desafortunados no demoraron en alcanzarme. El convoy fue atacado y todo el pelotón murió, a excepción de mí. No tuvo mucho sentido que yo hubiera sobrevivido o ningún sentido, pero los milagros ocurren... eso dicen. Se me otorgó una medalla de honor y así quede, como un héroe de guerra, pero terminé mi tiempo en el Ejercito con la cabeza llena de mierda, hasta más de la que tenía cuando me alisté...

Terminó esa línea y dejó la computadora a un lado. Una de sus pasiones era la escritura, pero esas memorias a veces lo tomaban como rehén a un precio muy alto. No tenía deseos de sumergirse en una pesadilla esa noche. Agarró su taza favorita, que aguardaba en el escritorio con café tibio y se acomodó en su silla ergonómica para descansar la espalda. Bebió un sorbo y luego respiró profundo. Fue girando despacio en la silla hasta quedar mirando el estante de libros que tenía a su espalda. Allí descansaba una invaluable colección que iba desde la hechicería hasta dulces relatos para niños. Algunos de ellos en sus primeras ediciones; hoy día cualquier coleccionista obsesionado mataría por tenerlos.

En el medio del estante de libros había una caja cuadrada de acrílico. Estaba iluminada. Dentro se hallaba un hermoso talismán de oro con cadena para colgarlo del cuello y una asombrosa piedra verde en el centro. Al mirarla era como adentrarse en una pequeña galaxia; tenía movimiento, se veía viva. Colocó la taza nuevamente en el escritorio y se levantó de la silla posando su mirada en la piedra. Se sentía seducido por esta, como en el principio, a su merced y todavía capaz de todo por conservarla. Aún sentía la misma codicia que invadió su mente cuando la robó a la hechicera. "Pobre mujer", pensó, "luchó para no perder esta hermosura, pero el dueño debía ser yo. Estaba destinado a estar conmigo". No sentía arrepentimiento alguno por lo que hizo para obtenerlo, y mucho menos por haberlo conservado.

A pesar de que la magia del talismán lo condenó a ser invisible para la muerte, su belleza era única y valía la pena sacrificarse. Lo levantó por la cadena, a la altura de su rostro, y lo fue acercando a sus ojos como si quisiera perderse en la piedra. Su gato lo miraba fijamente. Esa mirada que le daba siempre le causaba horror, pero esa noche era más intensa y se puso peor cuando agarró la pieza en su presencia. Inesperadamente el gato saltó sobre el escritorio y de ahí se lanzó dándole un topetazo en el pecho que hizo que el talismán cayera y, tras el impacto, se dividió en dos. El gato se paró frente al talismán en una postura de reposo.

Él seguía estático observando la piedra rota, que aún irradiaba luz de ambas partes. Tenía la piel erizada por el miedo a las consecuencias del terrible accidente. "¿Cómo pude ser tan estúpido?, ¿Por qué permití que ese maldito gato entrara a mi casa?", pensó mientras se agachaba para recogerlo. Un pedazo de papel se había escapado de la piedra al romperse. Era un pequeño pergamino doblado varias veces. Lo recogió y lo puso en la palma de la mano derecha, mientras que con la izquierda lo fue desdoblando cuidadosamente. Tenía un mensaje escrito, un poco borroso y difícil de leer que decía:

Fijardum codisum matta al infernus du almas.

Primero lo leyó en su mente y luego lo pronunció con temor. No pasó nada. Lo leyó nuevamente y una brisa suave y fría entró por la ventana; la misma que sintió la noche que cambió su vida. El gato dio unos pasos hacia atrás. El reloj sonó marcando las doce de la media noche. Inmediatamente comenzaron a escucharse fuertes golpes en la puerta de su oficina, tan fuertes que se tuvo que llevar las manos a las orejas, manteniendo los ojos cerrados con una expresión de dolor. El ruido se detuvo y de pronto un susurro femenino invadió la habitación repitiendo su nombre insistentemente. Fue a la gaveta del escritorio y sacó un arma; apuntó desesperadamente en varias direcciones tratando de identificar el origen del susurro. No sabía de dónde venía o si estaba en su mente, pero cada vez era más agudo.

Salió de la oficina corriendo y bajó las escaleras dando tumbos. Tomó su teléfono celular para llamar a la policía, pero no tenía señal. Esta vez un golpe de aire entró por la puerta, que estaba entreabierta y unos vasos de cristal cayeron al suelo esparciendo todos los pedazos. En la desesperación salió corriendo alocadamente. Una vez afuera, todo estaba en silencio. La luna llena iluminaba su rostro lleno de miedo y angustia.

Era fanático de los girasoles y verlos dormir en su jardín le dio algo de tranquilidad. No sabía si lo había imaginado, si era una pesadilla o era real. No estaba seguro de nada, pero ya había sentido el horror que causa lo absurdo e inusitado. Ese sentimiento era familiar.

Caminó hasta donde comenzaba la arboleda y se detuvo a mirar hacia el bosque, que estaba sumergido en una oscuridad absoluta. Poco a poco los latidos de su corazón fueron normalizándose. Estaba más calmado. Escuchó movimiento entre los árboles y antes de poder reaccionar, una fina y larga estaca de madera se clavó en su hombro izquierdo. Gritó desgarradoramente, al tiempo que una segunda estaca se le clavó en el hombro derecho y cayó de rodillas. Entre los árboles apareció una silueta que hacía sonar la hierba. Se sentía vencido por el dolor, incapaz de pararse y correr. La silueta se hizo más clara. En un rápido movimiento lo agarró por el cuello con su mano arrugada y maltratada por el tiempo, clavándole las uñas largas y verdosas en la piel. Lo levantó hasta que quedó con los pies colgando. Era ella, la hechicera con su demoníaca mirada. Su rostro era horriblemente malévolo. Tenía una túnica violeta con piedras de diferentes colores; en sus manos, varios anillos y pulseras con emblemas. Su pelo era amarillento y seco como la paja. Lo miraba fijamente sonriendo mientras que él se ahogaba porque le faltaba el aire; con sus manos trataba de quitarse de encima a la hechicera, pero era imposible.

—Al fin te encuentro, asqueroso ladrón. Creíste que te saldrías con la tuya. Vine a recuperar lo que es mío. No te mataré, te haré algo peor que la muerte.

Todavía sosteniéndolo del cuello, lo acercó a su rostro y colocó su boca en la de él. Aspiró su aliento, que se escapaba como un humo azul por los pequeños espacios entre las comisuras de sus bocas. Lo secó hasta que su piel se arrugó. El cabello le cambió de color, le crecieron las uñas en un tono amarillento. Su mirada se apagó como si los años vividos le cayeran de golpe. En efecto, había envejecido dramáticamente hasta quedar decrépito e incapaz de dar un paso por sí mismo. La hechicera lo dejó caer al suelo. Ella recobró una apariencia juvenil, hermosa y llena de vida. El pelo le cambió a un rojo ardiente, con brillo y ondas. Su piel estaba saludable, libre de imperfecciones o arrugas. Cerró los ojos y tomó una bocanada de aire. Se miró las manos que ya no eran secas ni deformes. Se agachó y buscó en los bolsillos del hombre y tomó el talismán partido por la mitad. Encerró la pieza con ambas manos y al abrirlas el talismán se veía tal cual estaba antes de caer al suelo. Le regaló una sonrisa y retomó su camino hacia el bosque perdiéndose en aquella boca de lobo. En el suelo yacía el hombre, todavía lejos de la muerte, pero sintiendo el peso del tiempo en su cuerpo.

Su corazón latía con fuerza, teniendo como motor todo el odio que guardaba en su interior. Sin poder disfrutar más de su vida eterna, estaba condenado a ser el hombre más viejo del mundo.

Pepe Puños de Plomo

Cecilia Marivel Galindo Guajardo

A los dieciséis años Pepe tomó la decisión de asistir a un pequeño gimnasio para practicar boxeo. Sus padres no estaban muy convencidos, pero lo apoyaron con la ilusión de que pudiera relacionarse con personas de su edad, ya que Pepe siempre había tenido problemas para integrarse con los compañeros de escuela. Cuando los maestros dejaban alguna tarea para realizarse en equipo, Pepe nunca encontraba un grupo en el que fuera aceptado. Durante el receso se mantenía alejado comiendo la colación que todos los días le preparaba su madre, y aun cuando se mantenía a distancia nunca faltaba el pelotazo intencional que iba directo a su comida, desparramándola por el piso. Casi siempre a la hora de salida escolar algún compañero lo esperaba para meter el pie a su paso y así provocar su caída y la burla de quienes lo veían.

Nadia, vecina de barrio y compañera de salón, era la única persona con quien podía compartir algunos momentos. Él le pedía que lo esperara a una cuadra de distancia de la escuela, para que nadie los viera juntos y así evitar que también ella fuera acosada. A Nadia le apenaba mucho el trato que recibía su amigo. Con frecuencia hablaba con él y le recomendaba que informara a los maestros para que esas agresiones fueran sancionadas.

El día que Pepe decidió ir al gimnasio a pedir orientación, Nadia lo acompañó. En la recepción le entregaron dos hojas, una que debía completar con información personal y otra que debía ser firmada para deslindar responsabilidades al gimnasio en caso de alguna lesión grave. Ese mismo día le asignaron a Salvador para que fuera su entrenador. Era un boxeador retirado, que en sus años de práctica había sido campeón mundial. Pocos sabían que él era el dueño de aquel gimnasio. Le pidió que para la primera práctica llevara pantaloncillos cortos, playera sin mangas y tenis de tobillo alto. Y así fue como como se presentó la siguiente semana.

Los meses transcurrieron y lo que primero fueron dos prácticas por semana, se convirtieron en diarias. Pepe asistía después de terminar sus tareas escolares y se quedaba en el gimnasio dos horas. Algunas veces Nadia lo acompañaba.

Un día, al salir de la escuela, Pepe fue humillado por un grupo de compañeros. Él no reaccionó, siguió caminando hasta encontrarse con Nadia que lo esperaba a poca distancia y fue testigo de aquella agresión.

—Pepe, tienes que poner fin a todo lo que hacen contigo. Ya tienes el entrenamiento necesario para sentar de un golpe a cualquiera. Es cuestión de que pongas a uno en su lugar, para que los demás dejen de hacerlo.

El seguía caminando, viendo el pavimento. No afirmaba ni negaba, solo la escuchaba.

—Ya estoy cansada de ver que no reaccionas. En el gimnasio eres uno de los mejores novatos, y aquí afuera decides ser el saco de arena de los demás ¿Acaso para eso estás gastando tu dinero y desperdiciando tu tiempo?

—Estoy invirtiendo tiempo y dinero para ser boxeador, no un golpeador callejero. Y si tanto te molesta ver lo que hacen, puedes seguir de frente y no ver lo que ocurre, pero nunca me verás golpeando a alguien a menos que sea arriba del *ring*.

Era la primera vez que le contestaba.

En el gimnasio, Salvador organizaba peleas para observar el avance de los alumnos. Pepe siempre era el vencedor y fue así como lo apodaron "Puños de Plomo".

Durante las vacaciones, Pepe ayudaba a su padre a realizar trabajos en casa y por las tardes pasaba más de cinco horas entrenando. Salvador decidió que el muchacho estaba listo para competir con boxeadores de otros gimnasios. Todas las peleas las ganaba. Los demás entrenadores felicitaban a Salvador por tener a uno de los mejores talentos.

Al poco tiempo Pepe se graduó y decidió no continuar con estudios académicos para dedicarse a tiempo completo al boxeo. Cumpliendo ya con la edad reglamentaria de dieciocho años, el peso y la estatura correspondiente a su categoría, Pepe con la ayuda de Salvador, solicitó la licencia para boxear profesionalmente.

Su primera pelea oficial la ganó por *knockout* en el sexto encuentro. Celebró sobre el *ring*, pero no hubo más festejos fuera del cuadrilátero. Su madre le había preparado su cena favorita y había llamado a Nadia para que los acompañara a cenar en casa. A pesar de la victoria, Pepe no se mostraba entusiasmado.

Durante año y medio Salvador lo promocionaba para peleas estelares dando un tiempo de tres meses entre cada encuentro. Ya no solo era su entrenador, sino también su representante. Nadia lo acompañaba siempre y desde su lugar celebraba cada victoria.

Aun cuando Pepe ya había ganado el respeto dentro del cuadrilátero, fuera del gimnasio siempre mantuvo una personalidad tímida e insegura. Seguía siendo el mismo chiquillo cabizbajo, era como si los fantasmas de sus acosadores escolares lo siguieran todo el tiempo.

Una noche, llegó a su casa después de una pelea y le dijo a su madre que no tenía hambre, que prefería acostarse para descansar. Se despidió de Nadia, y entró a su cuarto.

A la mañana siguiente, el desayuno ya estaba preparado y a su madre le pareció extraño que Pepe no estuviera en el desayunador. Le dio unos minutos más sospechando que seguía cansado por la pelea de la noche anterior. Pasaron cuarenta minutos y Pepe aún no se presentaba. Su madre se preocupó. Tocó la puerta del cuarto, y al no tener respuesta entró. Se acercó a él y puso su mano en la frente para asegurarse de que no tuviera fiebre. Se quedó paralizada cuando lo sintió helado, lo llamó varias veces por su nombre, lo movió intentando despertarlo, pero Pepe no reaccionaba. Vio un frasco de medicamento en el buró e inmediatamente gritó a su esposo para que fuera al cuarto. El padre de Pepe llegó rápido, intentó despertarlo, pero no lo logró. La madre ya estaba llamando al 911. Ninguno se percató que sobre el buró también había un papel doblado. La ambulancia llegó en pocos minutos, pero los paramédicos nada pudieron hacer por Pepe, ya que no tenía signos vitales. Los paramédicos llamaron a la estación de policía cuando fueron informados del frasco de medicina vacío. Los agentes llegaron a la casa y empezaron a inspeccionar. Fueron ellos los que descubrieron el papel doblado. Se trataba de una carta póstuma.

Nadie debe culparse por la decisión que he tomado. Deben saber que nunca disfruté el éxito que tuve. Lo que empecé como una distracción se convirtió en algo que nunca imaginé. Gracias, Nadia, por tu apoyo incondicional y perdóname por este acto tan cobarde. Papá y mamá, hicieron un buen trabajo como padres y nunca me faltó su cariño. Esto me sobrepasa y ya no sé cómo lidiar con lo que siento. A mis contrincantes, solo les puedo decir que es muy probable que no les haya ganado por superioridad, les gané porque en cada uno veía la cara de mis acosadores; nunca tuve el valor y coraje para enfrentarlos a ellos. Disfracé mi venganza en un deporte que me permitía golpear sin sentir culpa, pero hoy me doy cuenta de que siempre he sido un cobarde. Salvador, gracias por confiar en mí. Pero lo que viste en mis puños no era talento, era un deseo desmedido de venganza que nunca descargué en los verdaderos culpables.

Los quiere, Pepe.

El cuarto

Lorena Franco

Le encantaban las losetas de esa casa. El color terracota daba al hogar un toque rústico y acogedor que invitaba a descarriarse y a descubrirse en sus recovecos. Mientras recorría el pasillo a solas, la señora permitió que sus manos encontraran apoyo en las paredes que parecían conservar anécdotas de generaciones entre sus grietas. Al final del recorrido, se encontró frente a la puerta de roble con tallado marroquí. Labrados en forma de espirales, resaltaban alrededor del borde y seis estrellas de ocho crestas decoraban el centro. Supo que era una puerta antigua por la oxidación en la cerradura, aunque la técnica del cincelado daba la impresión de un arte recién concebido.

Ante semejante manifestación de ingeniosidad que era la puerta, la señora puso su mano en el pestillo y lo giró hacia la derecha. Un cosquilleo en el estómago le advirtió que ingresaba a territorio ajeno, pero no logró contenerse de aquello que la halaba hacia adentro.

Al abrir la puerta vio una pared repleta de libros de variados matices y tamaños; *Rayuela, Cartas a consuelo, Papeles de Pandora, Una habitación propia.* Las filas de textos creaban la ilusión de ser una serpiente sin cola ni cabeza que se extendía al suelo hasta llegar al escritorio de frente. Encima, cientos de papeles dormían en el tiempo, arropados con varias sábanas de polvo. Una réplica diminuta de *La Danse* y par de velas los acompañaban en la parte superior de la mesa. De lejos parecía un desorden, pero al acercarse pudo descifrar un sistema deliberado de organización. Todo estaba quieto. El polvo despertó cuando la señora comenzó a hojear las páginas sueltas, una a una, intentando no hacer ruido que la delatara. En medio del papeleo encontró un poema corto y sin título.

Dicen que mis besos son veneno;
Cianuro que los enloquece y los deja sedientos.
Difiero.
Con pesar y frustración.
A vos besé y ahora sos cuerdo y no has vuelto a beber.

Enseguida relajó la frente y soltó una sonrisa tenue mientras pensaba en eso de tener poder y quedarse inútil con quien menos pensabas. Una nostalgia súbita inundó su pecho con la sensación de haberse extraviado. En el cuatro, aquella señora sentía que se paseaba entre lo familiar y lo desconocido. Volvió a echarle un vistazo al poema, pensativa y con esmero. Alguna vez, quizás, fue ella quien lo escribió.

Maldito lunes

Sandra M. Colorado Vega

La habitación está en penumbras. El televisor sintoniza algún canal que exhibe las series que le gustan. Reclinada en su cama, con la computadora encendida, trata de hacer todo al mismo tiempo: escribir, consultar el celular esperando encontrar algún mensaje y seguir la acción de la pantalla.

Su esposo hace rato que está dormido. Sabe que su sueño es profundo porque la respiración es pausada e intensa. Silencio total. Se inclina sobre él preocupada y, en ese instante, él deja libre un suspiro y la habitación se llena con un ronquido ensordecedor.

—¡Este hombre se muere o me mata del susto! —comenta para sí.

Continúa con sus actividades, pero comienza a sentirse lenta y le parece que ha perdido parte de la trama de la serie. Mira curiosa la laptop y observa que la letra i está repetida. "¡Ah, me quedé dormida!".

Apaga la computadora, el televisor, acomoda el celular con el cargador en la mesa de noche y se acuesta rozando el brazo de su esposo para sentirlo cerca. Al instante, su tortura de todas las noches: el sueño la abandona. Comienza con su rutina de movimientos para quedarse dormida, a la izquierda, a la derecha, boca arriba. Al fin, Morfeo se compadece y cuando está próxima a caer en el abismo…

—¿Está temblando? —pregunta su esposo sentado en la cama, adormilado aún, pero con cara de susto.

—No, mi amor. Soy yo. Sabes que soy ansiosa y estoy siempre moviendo mis piernas.

—Ah —le contesta y se duerme.

La luz que entra por la ventana le recuerda que es un maldito lunes. De vuelta al trabajo que tanto detesta. La falta de posibilidades y tener que soportar órdenes de individuos ineptos y administradores impuestos por su simpatía con el gobierno de turno le enfurece. No obstante, se viste y maquilla impecablemente porque nadie tiene que notar la guerra que lleva por dentro. La pandemia no le permite lucir como la distinguida empleada, "la señora elegante", como algunos comentan de ella, pero no le importa. Como último toque, se coloca sus zapatos de tacón más alto, esos que la hacen sentir segura y poderosa.

Llega al edificio donde tiene oficina y se dirige al ascensor. Faltan cinco minutos para registrar su asistencia. El elevador se detiene en cada piso. No pueden entrar más, pero se empujan, sin que les importe el distanciamiento físico impuesto. Ella está al fondo. Al frente una pareja, altísimos ambos, hacen que pase inadvertida. Está muy ansiosa. Tiene algunas complicaciones de salud, así que está en riesgo. "¡Malditos desconsiderados!", piensa. Faltan varios pisos, el ascensor está atestado y no todos están protegidos como deberían. Siente que un ataque de pánico la amenaza y solo faltan dos minutos para registrar su entrada a la oficina.

—¿Guapo, está temblando? —La chica frente a ella está mirando a su pareja con los ojos bien abiertos, demostrando terror. Con la mano izquierda aprieta el brazo derecho del joven, enterrándole sus uñas de acrílico. La señora junto a los botones del ascensor los mira y grita:

—¡¿Qué dijiste?! ¡¿Que está temblando?! —Todos se miran aterrados con un grito ahogado en la garganta. De pronto, ella se percata de que el movimiento que perciben lo ha provocado ella con su ansiedad.

—Tranquilos, tranquilos. Soy yo con las piernas. Aunque si no los mata un temblor, siempre pueden apelar a nuestro amigo COVID, ya que parecen no entender lo que significa distanciamiento físico. —Termina la frase contemplándolos con descaro. Unos la observan asombrados y otros fastidiados. Ella se avergüenza, pero mantiene su mirada acusatoria, elevando los ojos y pensando: "¡Que se muerdan un ojo! ¡Qué me importa!". Y sale del elevador coqueteando con sus caderas y haciendo lucir sus altísimos tacos.

Las noticias continúan bombardeando historias sobre los temblores en el sur. Si cambias de canal, entonces hablan de COVID-19. Ya no se oye información sobre robos o matanzas. "Estamos evolucionando. Sí, evolucionando", piensa irónica. "Ahora estamos estrenando la tragicomedia". Cuando llega a la casa está hastiada de tanto sensacionalismo. Su esposo, un veterano de Irak con Síndrome de Estrés Postraumático diagnosticado, está atento a la televisión viendo las últimas noticias del país y, cuando estas se terminan, cambia a CNN. "Todos hablando de lo mismo", dice para sí, y continúa, "A nadie le interesa saber sobre las especies en extinción o qué hacer para evitar que la Antártida se siga descongelando o cuánto habrá aumentado la violencia dentro de la familia. Y para colmo todo este protocolo de limpieza antes de entrar a casa. Cuando logre llegar al dormitorio, ya es tiempo de prepararme y regresar al trabajo".

En la noche, justo en el momento que se relaja siguiendo la trama de su serie favorita, el perro comienza a ladrar. Ella lo ignora. De todas formas, es lo habitual: ladra cada vez que alguien pasa cerca de la puerta de su apartamento ubicado en el duodécimo piso.

—¿Qué es ese ruido?

—¿Qué ruido?

—Ese ruido. Escucha. ¿No lo oyes?

—Tú lo que estás es impresionado con toda esa mierda que escuchas.

Su esposo insiste:

—En serio, ¿qué no oyes el ruido?

Se queda en silencio, ignorándolo. La serie está en su mejor momento. "¿No comprende que es en inglés y no puedo distraerme porque entonces no entiendo ni un pepino?".

Continúa atenta a la televisión y, al rato, se queda dormida con la laptop encendida en su regazo.

— Chica, deja de moverte.

Ella no le contesta. Él la mueve con enfado.

—¡Que dejes las piernas quietas, coño!

Despierta molesta y le grita:

—¡No me estoy moviendo! ¿Qué te pasa?

Y de repente, el movimiento se intensifica. La cama se mueve como si fuera una mecedora. Los tiestos de sus consentidas plantas caen con fuerza, destrozados. Está aterrada. No sabe qué hacer. Su esposo, el que tanto regaña por su adicción a las noticias, reacciona rápido y la coloca en la posición correcta al lado de la cama, protegiéndole la cabeza. El perro se mete entre ambos y el movimiento cesa.

Aún con el corazón acelerado, se incorpora. Observa su apartamento, tierra, plantas, agua derramada en el suelo. "Por lo menos, la televisión no sufrió daños y estamos bien". Se les olvidan todas las precauciones y salen al pasillo en pantuflas, pijamas, sin protector de nariz y boca, y mucho menos guantes. Observan las paredes agrietadas, algún que otro pedazo del tablero de yeso desprendido. Bajan corriendo las escaleras en dirección al vestíbulo, donde permanecen junto a los demás residentes. Los inquilinos forman pequeños grupos, aprovechándose para ponerse al día de los últimos chismes. Algunos tienen mascarillas o guantes, pero cuando hablan lo hacen tan cerca que podría jurar que ni los cubrebocas los protegen. Con el susto, el distanciamiento físico pasa a segundo plano. Contemplando la situación piensa: "Aquí la mayoría pasamos de los 60. ¡Esto se jodió! La próxima semana en los titulares predominará: *Muerte masiva en condominio del área metropolitana por no guardar distanciamiento físico durante el terremoto del pasado lunes*".

Su esposo se une a un grupo de inquilinos. Ella le hace señas para que mantenga distanciamiento físico. Cuando se asegura de que la ha entendido y obedecido, se sienta en una esquina y los pensamientos la absorben. "Estoy harta. ¡Qué mucha gente chismosa! Perdiendo el tiempo aquí y tengo tarea en la casa. La cosa es que estoy fastidiada, aborrecida, enojada, no sé qué más. Me gustaría estar en la playa. ¡Ufff, pero qué calor! ¡Quiero playa! ¡Necesito mar! Es lo único que me da paz. Estas cacatúas con sus voces chillonas me enfurecen. Mi marido sí que está pasao'. Me mira y se ríe. Sabe lo que estoy pensando. Un loco hablándole a otro. ¡Quién los entiende! Estas señoras me estresan. Con lo que detesto sus actitudes de mujeres de alcurnia y se pelan hasta a Dios en la cruz y comen sopitas de plátano, como dicen de las ricachonas muertas de hambre. Me voy a escapar para el apartamento. En estos días con el maldito trabajo, los temblores y el COVID-19 lo único que deseo es acostarme un rato en la hamaca. Al menos ahí llega la brisa, pongo música, cierro los ojos y me relajo un poco".

Sin hacer mucho ruido abre la puerta hacia las escaleras. Llama a su esposo para que se le una, pero él le hace señas de que se quedará un rato más. Con la mirada le advierte el peligro de contagio y sube las escaleras junto a un grupo de inquilinos. Van comentando el susto del temblor y tratando de protegerse. Demasiado tarde. El diálogo sigue sin que pierdan el hilo, según cada cual entra en su piso. El grupo ha disminuido y solo queda una anciana. Es muy delgada, alta y siempre viste de luto. Lleva su cabello largo, de puntas negras, trenzado. Se rumora que doña Clara es espiritista y ha acertado muchas de sus predicciones. Al entrar al piso de su apartamento, doña Clara detiene la puerta con su mano flaca, adornada con uñas larguísimas pintadas de rojo, y le dice:

—¿Sabes qué? Nunca sabemos qué pueda suceder. Cuando te toca, te toca. La muerte siempre te encuentra. —Y se sonríe burlonamente como si pudiera ver dentro de ella. Cierra la puerta sin dejar de mirarla.

Ella suspira. "Al fin sola".

Continúa el ascenso hacia su piso. Entra rápidamente y procede a quitarse los zapatos y desinfectarlos. Echa la ropa a lavar y se baña. Se encamina al balcón, prepara su hamaca y se recuesta en ella con los audífonos puestos. Le parece que la hamaca se mueve torpemente, pero la brisa es tan refrescante que no le preocupa. La voz grave del cantante guatemalteco Ricardo Arjona, la tiene extasiada. Se oye un ruido estremecedor, la baranda cae al vacío y se observa suspendida fuera del balcón. Entre el silencio de la noche y los ruidos de la ciudad se suma un aterrador grito de mujer.

El Caballero de San Juan

José M. Benítez Martín

Era una mañana de domingo sin rumbo. La ansiedad y el calor no me dejaban permanecer en la cama. Salí de mi apartamento con destino al Viejo San Juan para apaciguarme. Turistas bajaban del crucero recién llegado al Muelle 4. La brisa mañanera comenzaba a restaurar mis sentidos afligidos en anticipación a la incertidumbre que se me aproximaba. Caminando por la calle Norzagaray en dirección a El Morro miraba al mar por encima de las murallas y de las estructuras pintorescas del barrio La Perla. En la playa, sentado sobre una piedra, vi al individuo vestido como el legendario Caballero de San Juan, ese personaje mítico, que, según mi abuelo, deambuló por décadas sobre las estrechas calles y plazas de la antigua ciudad.

Bajé corriendo por un atajo para llegar antes de que se fuera, ignorando consejos de amigos que me habían advertido que entrar a esa barriada era peligroso. Pensé que se filmaba un comercial televisivo, o quizás, solo sería un gracioso llamando la atención.

Estaba él solo. Al acercarme a su espacio, me saludó con entusiasmo:

—Enhorabuena, Manny.

—Buenos días, caballero —le contesté asombrado, pues así me decían cuando vivía en Nueva York, aunque hacía tiempo que me llamaban Manolo.

Vestía un traje negro deslucido y una capa a estilo de la nobleza francesa del siglo XVIII. Una boina descolorida cubría el cabello gris desgreñado. La barba y bigotes de gato también estaban descuidados. El rostro era delgado, con la quijada puntiaguda, como las caricaturas del Quijote. La nariz se proyectaba hacia el frente, igual a la de Cyrano de Bergerac, y se destacaba un lunar en la mejilla izquierda. Recordé haber visto esa imagen en la de uno de los cabezudos que desfilaban en las fiestas de San Sebastián.

Continuó con la conversación:

—Gozamos de una mañana encantadora, pero te encuentras muy angustiado.

Se comentaba que El Caballero poseía una habilidad excepcional para ayudar a personas atribuladas con consejos sabios, y quienes dialogaban con él no se olvidaban jamás de la experiencia.

Pensé confesarle mis lamentos: que al día siguiente tenía cita en el tribunal, que se había vencido la última prórroga para pagar la hipoteca, y que el banco embargaría mi apartamento. Además, mi abogado había renunciado y mis comisiones como vendedor estaban agotadas.

Antes de lograr articular los pensamientos El Caballero se me adelantó:

—No te preocupes por lo que aún no ha ocurrido. Tu voluntad es superior a la de cualquier persona que intente difamar o hacerte daño. Ten fe en el poder de la verdad. Confía en que todo saldrá bien.

Quedé tan atónito que sólo logré decir:

—Muchas gracias, señor.

Me fui alejando lentamente mientras El Caballero me despedía alzando la mano derecha con una sonrisa contagiosa:

— Hasta pronto, Manny —le escuché decir, a lo lejos.

Mi estado de ánimo se transformó por el resto del día. Se esfumaron las ansias de ir al aeropuerto, coger un avión hacia donde fuera, y nunca más volver a Puerto Rico.

Almorcé en el restaurante El Jíbarito, disfruté del paseo un rato más, y regresé al apartamento para preparar la agenda de trabajo de la semana.

Por la mañana desayuné con calma y llegué al tribunal temprano a las ocho. Algunos me miraban con caras de pena al entrar a la sala sin la compañía de un abogado. Sentado en el banco del acusado escuché la engañosa declaración de que me había negado a pagar, a pesar de varios avisos y ultimátums. Cerré los ojos durante los pocos segundos mientras la taquígrafa terminaba de transcribir, concentrándome en el mensaje de El Caballero y en mi verdad.

De pronto el juez pronunció:

—Estoy listo para escuchar lo que usted tiene que declarar.

Me levanté, juramenté, y comencé a hablar despacio, pero constante, como una grabadora sin botón de pausa. En ocasiones el juez hizo movimientos con el rostro y cuerpo como para dar por terminada mi presentación. Pero yo seguía hablando sin dar oportunidad a que su lenguaje corporal me interrumpiera. Permitió que concluyera. El juez giró su cara en la dirección del denunciante y ordenó posponer la orden de desahucio. Hizo un plan de pago;

se me otorgó un plazo de cuarenta y ocho horas para conseguir los primeros dos meses del atraso.

El oficial a mi lado se levantó y dijo:

—En todos los juicios que he presenciado nunca un acusado se ha defendido *ex proprio motu* como usted ha hecho hoy. ¿Ha estudiado usted leyes?

—No conozco nada de leyes. Alguien me estaba ayudando allá adentro —contesté mientras me retiraba.

El martes decidí emplear el día para buscar referencias de El Caballero. Interrogué a varios vecinos de edad avanzada que pudiesen haberlo conocido. Unos me dijeron que fue un pobre joven que escapó del orfanato refugiándose en los portales de San Juan; que, compartiendo con la gente al pasar del tiempo, adquirió esa habilidad de hacer sentir bien a las personas. Algunos lo tildaron de payaso, otros de brujo, y hasta de diabólico.

Los que aparentaban estar mejor informados, dijeron que emigró desde Galicia, hijo rebelde de una familia espiritual y clarividente. Para los años veinte viajaba con unos amigos en un barco español que hizo escala en San Juan antes de seguir para Cuba, a una convención de espiritistas. Al entrar el vapor por la bahía, las monjas de las Siervas de María ondearon una bandera española por el balcón del Convento, al lado de la Fortaleza, para que los pasajeros la vieran y saludaran. El futuro Caballero y sus colegas viajeros se entusiasmaron con el inesperado gesto de bienvenida. Desembarcaron esa noche y visitaron una taberna con botellas de coñac sacadas del barco, pues en Puerto Rico regía la enmienda federal que prohibía la venta de bebidas alcohólicas. Fiestaron hasta el amanecer. A las nueve de la mañana el barco zarpó sin que los amigos encontraran el paradero del indisciplinado joven Caballero. Se quedó en San Juan para siempre.

La opinión más peculiar la expresó una señora anciana que alegaba haber sido su amiga. Opinaba que era un ángel, que se aparecía y desaparecía al azar, pues nadie sabía dónde dormía ni siquiera si comía.

Era casi el mediodía y aún no había llegado a una conclusión sobre el personaje. No obstante, necesitaba su ayuda con urgencia. A la mañana siguiente tenía que pagar el primer plazo de la deuda.

Después de recorrer sin éxito las calles y plazas por donde se decía que El Caballero otrora rondaba, decidí bajar de nuevo a la playa de La Perla. Me senté sobre la misma piedra donde dos días antes lo había visto, con la esperanza de que quizás se me presentara. El sol de la tarde minaba mi resistencia de seguir esperando. Antes de volver a tomar el camino de regreso miré a mi alrededor una última vez y descubrí un pequeño libro sobre la arena, debajo del árbol de uva playera. Lo cogí y lo examiné. Era *El Vendedor Más Grande del Mundo,* de Og Mandino. Inferí que El Caballero lo había puesto ahí para mí.

Me moví a la sombra y comencé a leer. Era corto y fácil de entender. En cuatro horas lo terminé. Me llenó de fe y optimismo. Pero eran ya las seis de la tarde y no quedaba mucho tiempo para resolver el problema de conseguir el dinero. Mi conciencia evocó la afirmación número tres del libro: (Persistiré hasta alcanzar el éxito).

Ni el cansancio ni el reloj podían ser obstáculo para persistir. Recordé un viejo cliente con oficina cercana en el sector de Santurce que siempre trabajaba hasta tarde. Corrí hacia el auto estacionado a casi un kilómetro de distancia, que aún le quedaba suficiente gasolina como para desviarme hacia la localidad y después seguiría a mi apartamento.

Llegué al edificio donde ubicaba la compañía constructora. Subí por las escaleras hasta el tercer piso para no esperar el ascensor. Encontré al ingeniero Valdés trabajando en el presupuesto de un proyecto nuevo.

—Qué bueno que te veo, Manolo. Parece que te llamé con el pensamiento, creía que te habías quitado del negocio —fue el saludo del ingeniero—. Qué casualidad, ahora estoy cerrando las compras de equipos para el edificio San Fernando.

—Si me das la oportunidad —le rogué— como en una hora examino los planos, las especificaciones, y preparo la propuesta.

—Por supuesto, estaba por irme, pero te espero, me conviene terminar los números hoy. Tengo precios de General Elevator y de Otis. Solo me falta la tercera cotización.

Terminé la evaluación técnica y le presenté un precio con un margen alto, por si acaso pedía rebaja, como suele suceder en estos negocios. Sin parpadear me felicitó por haber encontrado el precio favorable, me hizo la Orden de Compra con un cheque de adelanto por el cincuenta por ciento.

—En una semana te traigo los dibujos de taller —le aseguré.

—Tu nunca me has fallado, te acompaño a salir —contestó mientras recogía.

Éramos los últimos en el edificio. El retén cerraba las puertas detrás de nosotros. No lo había visto cuando entré. Se despidió del ingeniero Valdés y entonces se dirigió a mí:

—¡Ha logrado resolver todo lo que se propuso!

—Afirmativo caballero, que tenga usted buenas noches —respondí mientras lo miraba con curiosidad.

Al caminar hacia el estacionamiento, la rara imagen del retén se iluminaba en la mente como un destello. Era un señor mayor, delgado, muy correctamente vestido con uniforme azul bien planchado, gorra policiaca y zapatos brillosos. Tenía barba acicalada, bigote inglés encerado, nariz pronunciada hacia el frente y un lunar en la mejilla izquierda.

Reaccioné. Regresé de prisa y toqué con fuerza en el cristal de las puertas ya cerradas. Estaba oscuro y no se veía nadie en el recibidor. Esperé un minuto y volví a llamar con ahínco, pero no había ningún movimiento dentro del edificio.

Llegué esa noche al apartamento muy satisfecho de haber terminado el día más largo y provechoso de mi vida.

Temblor esencial

Sonia Ilemar Baerga

—Cariño, el desayuno está listo —dijo el esposo, mientras coloca-
ba la avena en la mesa. Le echó una pizca de la aromática canela,
y comenzó a cantar y a bailar—. *Me importas tú, y tú y tú. Y solamente tú y tú y tú. Me importas tú y tú y tú. Y nadie más que túúú.*

—Gracias, mi amor.

Él preparó la avena como a ella le gustaba. Añadió a la mesa
del desayuno un poco de frutas, jugo de china natural recién
exprimido y un poco de café.

El olor de la china y la canela refrescaban la mañana. Ese aroma la hizo sonreír y comenzó a comer. Mientras, él leía el periódico
para saber cómo iba la recuperación del área Sur de la isla. El 7 de
enero del 2020 había ocurrido un terremoto al Suroeste de Guáni-
ca y aunque los meses habían transcurrido, aún los refugios tenían
personas que perdieron sus viviendas. Las réplicas del terremoto
se sentían en toda la isla, la tierra seguía vibrando a gusto y gana.

—Amor, ¿recuerdas que desde el huracán María ya habían escrito que en el hospital de Vieques no tenían suministros?

—Lo recuerdo. Y también leí que algunos estaban politiqueando, pero no llevaron nada.

—Anoche estaba viendo las noticias y salió una madre contando que aún el hospital estaba sin suministros y los equipos siguen en mal estado. Además, dijo que cualquier persona que fuera a buscar ayuda se moriría allí mismo... Por eso creo que es inaceptable que, en las noticias, ni en el periódico de hoy hablen de Paula, la hija de esa mujer que hace la denuncia. Como dicen por ahí: "el boricua olvida rápido", pero bien que vamos a las urnas y repetimos a los mismos.

—No solo eso, primero el huracán, después el terremoto y ahora las réplicas. Los políticos dan la cara un rato y luego no los volvemos a ver.

—Dios, ¿cambiaron de página el juego de sudoku?

—Cariño, yo siempre te gano. Soy mucho mejor que tú en los números.

—Pero yo en palabras y termino más rápido los crucigramas.

Ambos sonrieron, compartieron una mirada de complicidad, y se dispusieron a jugar, cada uno su juego favorito.

—El gobierno debe enviar ayuda al hospital de Vieques, es una Isla Municipio. Ellos también son puertorriqueños. La familia de Paula continuará sufriendo su muerte cada vez que vean que el hospital sigue igual.

—¡Gané! — dijo ella, empujando el plato con mano temblorosa.

—Solo te di más tiempo.

—Camilo, ¿has sentido las vibraciones que salen de la tierra? No, ¿a qué te refieres?

A que a veces siento vibraciones, como un vacío en el aire, el que se sintió justo antes de que temblara aquel 7 de enero. Y, es que me confundo entre si es la tierra o es mi cuerpo, pero deben ser cosas mías.

Camilo comenzó a recoger la mesa disimulando su preocupación. Mientras, notaba las manos temblorosas de su compañera de vida por tantos años. Ambos se dispusieron a salir, para caminar y tomar el sol de la mañana, como era su costumbre. Salieron en dirección al parquecito de la urbanización.

Sofía estudió Comunicaciones. Luego comenzó a laborar como profesora en la Universidad de Puerto Rico. Su pasión era la escritura, la cual ejerció paralelo con la enseñanza. Se dedicaba a escribir sobre política y cuentos. Había llegado el tiempo de su retiro. El pasado mes de diciembre 2019 ya había ofrecido su última clase en aquella Institución que le regaló treinta años de dulces y amargas experiencias. Camilo desde que estaba en cuarto año de la escuela superior había sido admitido en la misma universidad, pero por las huelgas se desanimó y emprendió por cuenta propia en todo tipo de trabajo de electricidad, plomería o mantenimiento. A los veintitrés años tuvo un golpe de suerte cuando empezó a trabajar en una constructora de la cual se retiró con veintisiete años de servicios. Sin embargo, al año siguiente inició como conductor en una compañía de suministros que realizaban entregas en todo Puerto Rico. La vida de retirado no le sentaba muy bien; era un hombre de acción. Sofía lo sabía, lo comprendía, pero le preocupaba que trabajara tanto en esa etapa de sus vidas, donde ella solo buscaba tranquilidad y compañía. Ya estando en el parquecito, él recibió una llamada de repente.

—Sofía, es el jefe —le dijo en un susurro y se distanció un poco de ella.

Sofía se quedó sentada en un banquito de cemento donde le daba un poco el sol. En el parque había un gran árbol que ayudaba a que se sintiera la brisa y a la misma vez brindaba un poco de sombra en aquel día tan soleado. Se escuchaba el cantar de los pájaros, las voces y las risas de los niños que estaban jugando en el área de los columpios. Sofía miraba a las personas; algunas caminaban mientras otras hacían ejercicio. Se quedó suspendida en aquella estampa. Al terminar la llamada, Camilo se le acercó.

—Camilo, antes de que me cuentes para qué te llamó tu jefe, quiero decirte que mientras hablabas por el celular, disfruté observarte. Es que recordé que te retiraste antes que yo, y que me acompañabas a los viajes de promoción de mis libros, incluso los fines de semana. También me acompañabas a las presentaciones de otros autores y a los eventos culturales. Siempre tenemos conversaciones muy buenas. He admirado siempre tu humildad, que eres muy comprensivo y atento conmigo.

—Soy tu fanático número uno. Admiro tu pasión al enseñar, lo bien que escribes, el compromiso que sientes con el país. Además, lo más que me gusta es que eres una buena bailarina. Me encanta tu olor, tu pelo alborotado, cuando te ríes contagiando a todos… ¡eso es lo que yo disfruto! Te recuerdo, Sofía, que en nuestro aniversario bailaremos toda la noche, mejor digo, hasta que el cuerpo lo resista, porque ya no estamos tan jóvenes.

Ambos estallaron en risas. Sofía logró hablar entre carcajadas.

—¿Quién nos ve? Dos viejos perdidamente enamorados. Clichosos y cursis.

Sofía lo abrazó, luego tocó su rostro y sus manos.

—Tu rostro, tu voz, tus atenciones deslumbran mi corazón. Toco tus manos y hasta puedo sentir el arduo trabajo que has hecho en tu vida. Amor, gracias por sostener con firmeza mis manos cuando se mueven involuntariamente, cuando tiemblan como el subsuelo y me hacen sentir que me quebraré como una grieta.

—Mientras yo viva, aquí estaré para ti. Oye, te diré que hoy estás muy romántica, eso quiere decir que pronto escribirás nuevamente, lo presiento. Mi vida, no quiero interrumpir tu inspiración, pero me surgió un contrato para el sábado y el domingo. Voy a necesitar que te quedes sola en la casa porque no podemos pagar al ama de llaves el fin de semana. El jefe me enviará a Vieques para entregar suministros médicos. ¡Qué ilusión! Por fin les va a llegar lo que necesitan. Y el trabajito nos ayuda. No es que estemos mal económicamente, es solo que prefiero que continuemos ahorrando por si ocurre alguna emergencia.

Sofía lo miró a los ojos, sonrió y le respondió cantando.

—*Somos novios. Mantenemos un cariño limpio y puro.*

—*Como todos procuramos el momento más oscuro.*

Se sonrieron con picardía ante tal declaración. Camilo se acercó aún más y la besó en los labios. En aquel paseo, respiraron aire limpio, saludaron a algunos vecinos y luego se fueron para su casa.

Llegó el sábado en la mañana y el olor del café impregnaba la cocina. Camilo le preparó el desayuno a Sofía y le dejó el almuerzo listo. Mientras se tomaba su café negro, le explicaba los preparativos que había dejado.

—En la puerta de la nevera, están los números de emergencia. En el baño, está todo en su lugar para que lo puedas usar sin ayuda. En la mesita de noche está la grabadora, por si quieres grabar tus poesías. Recuerda que en el comedor está el periódico, para que completes el crucigrama. Importante: guárdame el sudoku. Te dejé una libreta con un lápiz; no te olvides que necesitas intentar escribir y el médico te lo recomendó.

—Tengo problemas con la aplicación del banco y no puedo ver si depositaron dinero este mes.

—Déjame ver. Sofía, esa no es tu contraseña. Tranquila, estamos a mitad de mes y ese dinero lo depositan a finales.

—Camilo, recuerda que me prometiste que para el aniversario saldríamos a bailar.

—¡Claro! —gritó desde la cocina—. Ya verás lo que tengo planificado. Como dicen por ahí: "Calma piojo, que tu peine llega". ¿Cuándo he fallado yo en algún aniversario? Recuerdas el de papel, el de madera, el de aluminio…

—Sí, recuerdo la ferretería entera… Hermosas memorias.

Ya estando en la puerta regresó.

—Dame un beso.

Sonriendo, Sofía se le acercó y lo besó.

—Adiós, nos vemos el lunes en la mañana.

Sofía fue a la cocina para tomar agua, pero el vaso se le cayó. Trató de recoger los vidrios del piso, pero el movimiento de las manos no se lo permitió. Se dirigió al cuarto. Ante el incidente, se le olvidó cenar y se quedó dormida. Despertó al otro día. Se bañó con algo de dificultad y regresó a la cocina. Tomó su medicamento y se quedó mirando los vidrios rotos de la noche anterior. En la casa solo se sentía el agradable aroma del café mañanero avisando que estaba listo. Esto la relajó y agarró fuerzas para recoger el cristal roto. Se preparó el desayuno, tomó el café, el jugo de china que le dejó Camilo en la nevera y se sentó a la mesa. Se escuchaba el pasar de las páginas del periódico más el sonido de los cubiertos al tocar el plato mientras desayunaba. Esa mañana se sentía sola. Repitió su rutina, aunque en esta ocasión, sin su esposo. Decidió grabarle una poesía a Camilo. Aunque ya no quería escribir usando la libreta, la inspiración la visitaba en las mañanas. Así que, no podía echarla a perder y buscó el aparato para grabar sus versos.

Camilo ya estaba en Vieques y había terminado de entregar los suministros. Estaba sorprendido por la humildad del personal médico y cómo todos le expresaban cuán agradecidos estaban. A Camilo solo le faltaba que pasara la noche para regresar a la isla grande. Antes de ir a dormir, revisó sus anotaciones de la celebración del aniversario. Desde que se casaron en el 1980, decidieron que no iban a celebrar los diez, los veinte o los treinta años de matrimonio. Celebrarían los once, los veintiuno, los treintaiuno… No había ninguna razón en particular, solo retar las convenciones, crear un tiempo especial para ambos, sin que nadie les dijera cuándo, dónde y cómo.

Estaba muy contento porque ya había comprado todo para la sorpresa de los treintaiuno. El aniversario de Perlas, según ellos, era la celebración de noches estrelladas. En la libreta, tenía escrito los pormenores, lo que iba hacer y lo que necesitaba, tal como lo hacía cada diez años. Mientras, repasaba el plan entre murmullos y pensamientos.

—Cuando llegue voy a ver que todo esté limpio. Le diré que vaya al parque y así tendré tiempo de poner las luces en el patio, llevar la mesa, las velas y colocar la decoración *vintage* entre las plantas y el árbol. Después, nos preparamos. Y, cuando ella crea que nos vamos en el carro, la llevaré al patio y allí tendremos nuestra cena bajo la noche estrellada. ¡Ah! Me falta anotar que la sábana blanca que usaré como pantalla para el proyector ya está en el clóset. El jefe me dijo que envió las fotos al *email*. No se me puede olvidar el radio, para que escuchemos los boleros de cuando bailábamos en el Palladium. Los recuerdos la harán sonreír y quizás se le vayan las preocupaciones por un ratito.

En ese momento, tuvo una pequeña revelación. Bajó la libreta con sus notas y se dijo:

—Sofía siempre estuvo pendiente a mí. Trabajaba, escribía, limpiaba la casa y por mis horarios, casi no la podía ayudar. Ella siempre me decía: "Amor, hoy por ti, mañana por mí". Así que esa noche, bajo las estrellas, va por mi compañera.

A Camilo, el trayecto de regreso le pareció largo. El lunes en la mañana, llegó y dejó su mochila en la entrada.

—Sofía, llegué, ¿dónde estás?

—En el cuarto.

Caminó por la cocina y vio que las comidas que le había preparado estaban en la nevera. Notó el vaso roto en el zafacón. En el baño, la alfombra estaba mojada y la cortina rota. Se desesperó.

—¿Por qué no comiste? ¿Te pasó algo? ¡Podías llamar a Silvia! ¿Te tomaste las medicinas?

Ella lo miró y comenzó a llorar. Casi no podía hablar para explicarle. Camilo la abrazó.

—Perdóname, no quería gritarte, qué bueno que estás bien. Hoy es nuestro aniversario y vamos a celebrarlo. En lo que recojo un poco, ve al parquecito y yo te busco para prepararnos, ¿sí?

Sofía se secó las lágrimas con el dorso de las manos estremecidas y salió a caminar.

Mientras tanto, Camilo preparó todo. Cuando Sofía regresó, se arreglaron. Cuando llegaron a la puerta, Camila le pidió que lo acompañara al patio. Sofía no creía lo que veía: la mesa, las luces, la sábana blanca y la proyección de sus fotos desde que eran novios hasta su último selfi con su música favorita de fondo. Miró al cielo y vio la noche estrellada. Ese era su aniversario 31, el que no era de perlas, pero sí de estrellas.

—Sofía, te amo. ¿Recuerdas que cuando te vi en la Plaza del Mercado de Río Piedras te grité "Si cocinas como caminas, me como hasta el pegao"?

—Lo recuerdo. El comentario más tonto que me han hecho en la vida. Pero ahora, yo no te puedo ni cocinar, ni sujetar las cosas con mis manos.

—¿Bailamos? —Camilo le cantó al oído—. *Me importas tú, y tú y tú. Y solamente tú, y tú y tú. Me importas tú, y tú y tú. Y nadie más que túúú.*

Era una noche fresca. Se sentía el viento, y el cielo estaba despejado. Las nubes no ocultaban las estrellas, que eran el verdadero regalo. Se abrazaban y disfrutaban del uno al otro. Ellos sonreían y bailaban. Después de un bolero, él la escoltó hasta la mesa. Era la hora de la cena.

De repente, Camilo se separó de ella. Miró a su alrededor, pero no encontró respuesta al estremecimiento que se adueñó de su cuerpo. Sentía vibraciones y un hormigueo que le subía desde los pies hasta la punta de los dedos de las manos.

—¡Sofía, mira cómo me pones!, ¡mi vida, mi cuerpo y mis manos vibran por ti, siéntelas!

—Cariño, ¡es que está temblando! ¡La tierra está temblando!

María Eugenia y las estrellas

Astrid Antoinette Billat

Era un sábado cálido en el barrio San Fernando. Como todos los días a las 6:30 de la tarde, María Eugenia y su madre escuchaban a Walter Mercado hablándoles de la vida y del amor por Cartagena TV.

—Mija, ¿a qué hora es que vas donde Yenis?

—A las siete y pico. Espérate, ya viene Sagitario…

Sagitario, hoy los planetas están alineados para tu éxito. Sagitario, el universo te habla, el cosmos te regala su sabiduría, escúchalos y sabrás cuál es el camino correcto… El amor es la razón de todo, el amor es el Alpha y el Omega, el amor es la razón de vivir. Que Dios los bendiga a todos, hoy, mañana y siempre. Y que reciban de mí, paz, mucha paz, pero sobre todo ¡mucho, mucho amor!

—Ya me puedo ir. Nos vemos más tarde, mami. Bendición.

—Que Dios te bendiga, hija.

María Eugenia se había puesto unos *jeans* apretados, una camiseta roja con lunares blancos, y unos tenis rojos. Había amarrado su pelo crespo en una cola para que sus aretes lucieran más y se había pintado los labios de rojo para acentuar su bella sonrisa. Después de caminar tres cuadras en su barrio, llegó donde su prima Yenis para celebrar su cumpleaños. Cuando se presentó a la rumba, la nueva canción pegada de champeta, *Simón el bobito,* sonaba a todo volumen en la terraza de la casa y las luces de discoteca alumbraban los rostros sudados de los jóvenes bailando. María Eugenia entró a la casa de su prima y fue a felicitarla enseguida.

—Feliz cumpleaños, prima. Que Dios te bendiga.

—Gracias, Mary —le contestó Yenis muy emocionada.

—Mira, Mary, te presento a Toño, un amigo del barrio *Los caracoles.*

—Hola, Mary. ¿Quieres bailar?

La joven asintió mientras empezaba a moverse hacia la pista de baile, muy entusiasmada por bailar con este muchacho tan guapo.

Uelelei ei ela
Se encojó mi caballito
Se encojó, se encojó
Se encojó mi caballito

Los jóvenes bailaron la melodía de Carlos Vives. María Eugenia, emocionada, escuchaba otra vez la voz de Walter Mercado:

Sagitario, hoy los planetas están alineados para tu éxito.

Ella apretó sus manos, suspiró, y siguió bailando. Cuando ya terminó la rumba, Toño le pidió su número de teléfono.

—Anda, es que el teléfono de mi madre no sirve ahora.

—Te doy el mío entonces.

Y le dio un papel amarillo doblado, con un corazón rojo dibujado.

—Regálame un piquito antes de que te vayas —le dijo Toño, y sin esperar respuesta, le agarró la cara y le dio un beso en sus labios rojos.

Emocionada y con el corazón a mil, María Eugenia regresó caminando a su casa. Miró el cielo estrellado y dijo:

—Tenías razón, Walter. Hoy es mi día; el universo me habla.

De repente, una ráfaga de viento sopló por la calle y le arrancó el papelito amarillo de la mano.

—¡Mi papel, mi papel! —gritó angustiada la joven. Súbitamente, dejó de soplar el viento, pero el papel había desaparecido misteriosamente.

Caminó varias cuadras arriba y después abajo en busca del tan ansiado papel. Se puso a llorar.

—Apenas conozco a un muchacho lindo, ¿y esto me pasa? Pero ¡qué mala suerte tengo! ¡No puede ser!

Regresó a casa llorando y se acostó. Tan pronto como amaneció, se levantó y regresó a la calle para buscar el papel amarillo. Miró debajo de los carros, en varios rincones, pero no lo encontró. Triste, rebuscó en sus bolsillos, para ver si tenía algunas monedas y decidió ir a la tiendita del barrio para comprarse una Pony Malta. Al llegar a la tienda, vio en el suelo un papel amarillo. Inmediatamente lo recogió. Vio un corazón rojo dibujado. Dentro del papel estaba el número de teléfono de Toño casi borrado, con marcas de pisadas y huellas, pero pudo descifrarlo.

—Gracias, Walter —dijo la joven mientras apretaba el papelito contra su pecho.

—Señor ¿será que puedo usar su teléfono para hacer una llamada? —le preguntó María Eugenia al dueño de la tienda del barrio.

—Sí, joven, son cien pesos.

Luego de marcar el número de Toño, María Eugenia, mientras esperaba que alguien contestara, sentía los latidos de su corazón.

—Buenos días, ¿me comunica con Toño, por favor?

—Soy yo.

—Hola, soy Mary.

—Hola, Mary. ¿Qué más, hermosa?

—Bien ¿y tú?

—Bien, te quiero ver otra vez. ¿Qué tal si hoy nos vemos a las cinco en la cancha de fútbol de tu barrio?

—Sí, me parece bien.

—Bueno, allí te veo, bizcocho. Te mando un besito.

María Eugenia colgó y regresó feliz a su casa tomando su malta. Estaba enamorada, no había duda. Ya soñaba con casarse con Toño y hasta tener hijos con él.

—¿Cómo vamos a llamar a nuestros hijos? —se preguntó la muchacha mientras sonreía.

Unas horas después, luego de arreglarse para lucir muy bonita, le dijo a su madre que salía a pasear por el barrio con unas amigas.

—Está bien, Mary. No regreses tarde. Llega antes de las siete para comer juntas.

—Sí, mami. Bendición.

—Dios te bendiga, hija.

Aquella noche de agosto, María Eugenia nunca regresó a su casa. Unos días después encontraron su cuerpo. Fue violada y estrangulada.

Aunque de alguna manera Walter Mercado le había advertido con su mensaje, *Sagitario, el universo te habla, el cosmos te regala su sabiduría, escúchalos y sabrás cuál es el camino correcto,* María Eugenia, cegada por el sueño de tener un nuevo amor, no supo descifrarlo.

Sin rumbo

Ana María Díaz

Hace bastante tiempo que estoy caminando en este desierto de arenas ardientes. No sé de dónde vengo ni adónde voy. Los rayos del sol del mediodía se clavan inmisericordes en mi cabeza, tengo mucho, mucho calor. Transpiro profusamente, las gotas de sudor, que caen como cascadas por todo mi cuerpo, van dejando una huella sobre el terreno mientras me desplazo. Tengo sed, no puedo beber mi sudor ni mi orina, son salobres y aumentarían mi desesperación por tomar algún líquido. Me estoy deshidratando. Me repito una pregunta: "¿Adónde voy?". Mi propia respuesta me desconcierta: "No lo sé. Tampoco sé cuánto hace que emprendí este largo y penoso peregrinaje".

En medio de la nada diviso algo a lo lejos, parece un árbol; sí, es un gran árbol. ¿Cómo llegó al desierto? ¿Alguien lo habrá plantado, o algún pájaro distraído dejó caer una semilla? No sé, pero ahí está, ¿o será una ilusión? A medida que camino, o me arrastro, por las abrasadoras arenas, me acerco más al árbol, es enorme.

Debo llegar a él, quizás mascando sus hojas pueda extraer algo de agua y calmar mi sed, y hasta descansar y refrescarme a su sombra.

Cuando llego, veo que hay algo a sus pies, son cuerpos de hombres, mujeres y niños, ya casi no tienen carne. Quizás fueron devorados por aves carroñeras. ¿Cómo llegaron estos seres hasta allí? ¿Seguirían el mismo camino sin rumbo que yo?

Hago espacio al lado de dos de los cuerpos y me recuesto contra el tronco del árbol. Por los restos de sus raídas ropas parecen ser un hombre y una mujer, están tomados de las manos que solo son huesos, quizás fueron esposos o amantes y llegaron juntos a este lugar. Me transmiten una paz infinita. Ya no tengo calor ni sed, me encuentro muy bien, con una gran tranquilidad esperando no sé qué.

De repente, escucho un gran alboroto, son voces que me llaman invitándome a acompañarlos: "Ven, permite que tu alma viaje con nosotros, deja tu estuche allí junto con los que te precedieron en este caminar".

Les hago caso, me desprendo de mi cuerpo y me uno a esos espíritus. Me voy recitando los versos de Amado Nervo: "¡Vida, nada me debes! ¡Vida, estamos en paz!".

—

Sobre los autores

Efrén Rivera

Nació en la víspera de Reyes de 1982, en el pueblo de Arecibo. Desde niño ha tenido inclinación hacía los distintos tipos de arte. Hizo un bachillerato en Artes Gráficas en Atlantic University College y a partir de ahí participó en eventos y exposiciones exhibiendo sus trabajos. Simultáneamente, el deseo de escribir fue creciendo con el pasar del tiempo. Tras superar un cáncer, decidió que era momento de perseguir ese sueño. Comenzó a tomar talleres de escritura creativa. En uno de esos talleres conoció a un grupo de personas talentosas y con su sueño en común. Así fue como se unió a este proyecto creativo que será fundamental para continuar desarrollándose en la escritura de cuentos de horror y ciencia ficción.

Cecilia Marivel Galindo Guajardo

Nació en 1972 en la ciudad de Monterrey, Nuevo León, México. Se graduó como Licenciada en Administración de Empresas, en la Universidad Autónoma de Nuevo León. En el año 2000, dejó su ciudad natal para apoyar el desarrollo profesional y laboral de su esposo. Siguiendo una de sus pasiones, en 2015 tomó un diplomado de fotografía profesional. Por fortuna, el trabajo de su esposo le ha brindado la oportunidad de conocer muchos lugares y así mismo cambiar de residencia. Es así como llega a Puerto Rico el 3 de agosto de 2018, y desde entonces se considera mexicana de nacimiento y puertorriqueña de corazón. En el 2020 tuvo la oportunidad de tomar un curso de Taller de cuento dictado por el profesor y escritor Emilio del Carril en la Universidad del Sagrado

Corazón. En ese mismo año fue invitada por Sandra M. Colorado, autora de *Siempre en viernes*, a participar junto con otros escritores en este proyecto de antología de cuentos.

Su gusto por la literatura nace desde pequeña después de haber leído "El principito", y a raíz de eso comienza a escribir un "diario" manteniendo un estilo divertido. Para ella, la lectura es un medio para viajar a través de la imaginación, mientras que la escritura de relatos y anécdotas le brinda la oportunidad de plasmar sentimientos y emociones reales. Algunas ocasiones experimenta con la imaginación y escribe cuentos de ficción.

Lorena Franco

Se desempeña como economista en la industria de consultoría. Obtuvo dos bachilleratos en Economía y Mercadeo en Pennsylvania State University, donde obtuvo beca de estudio. Luego de trabajar dos años como economista en la ciudad de Nueva York, siguió a adquirir una maestría en Economía de la Escuela Graduada de Economía en Barcelona.

Desde temprana edad, estuvo expuesta a las bellas artes. Comenzó a tomar clases de música, teatro y baile a los siete años. Sin embargo, la escritura siempre formó parte de su lado creativo. Su ensayo titulado "Recuperemos nuestra educación: Análisis comparativo entre la educación de Puerto Rico y Finlandia", que escribió a los dieciocho años, tuvo Mención de Honor en el Decimoctavo Certamen Literario de la Universidad Politécnica de Puerto Rico. Actualmente, cursa una maestría en la Universidad del Sagrado Corazón en Escritura Creativa en donde enfocará su proyecto de grado en la ficción literaria contemporánea. Su proyecto, Librofilia (@libro.filia), busca fomentar la lectura y la escritura como herramienta de sanación personal y colectiva.

Sandra M. Colorado Vega

Nació el 5 de marzo de 1957. Es natural de Cataño. Tiene una maestría en Artes, con especialidad en Trabajo Social, de la Escuela Graduada Beatriz Lasalle, Universidad de Puerto Rico. Posteriormente, estudió una maestría en Administración de Empresas, con especialidad en Gerencia, en la Universidad del Turabo. Su experiencia laboral transcurrió entre la administración y el magisterio, en universidades privadas y el estado gubernamental.

La literatura es un interés que cultivó en ella su abuela paterna, Mercedes García de Colorado. Sin embargo, no fue hasta que sus hijos la motivaron a plasmar su verbo en letras que contempló la idea de escribir. Así surge su primer libro, *Siempre en viernes,* una memoria de la maternidad. Las letras la atrapan en su embrujo, y en su afán de conocer la manera correcta de ejecutar sus anhelos, tomó talleres con personalidades de la talla de la Dra. Anuchka Ramos y el laureado escritor, Dr. Emilio Del Carril, donde conoce a sus compañeros en esta antología.

Uno de sus cuentos, "Óptica", fue publicado por PEN de Puerto Rico Internacional en la antología digital *Letras desde el Encierro,* con motivo del cincuenta y cinco aniversario de la organización. Editorial Raíces Puerto Rico seleccionó su cuento "Inocencia", para que forme parte de los relatos contenidos en su antología, *Deshojando cuerpos.* Actualmente, escribe un cuento infantil. Tiene su propio blog, titulado "De cuentos y memorias con Sandra M Colorado", dedicado a darle voz a la nueva generación de escritores puertorriqueños. En resumen, con el retiro se ha tornado atrevida, y con los años que le queden, se va a disfrutar la vida al máximo.

José M. Benítez Martín

José Manuel Benítez Martín nació en La Habana, Cuba en 1950. Es hijo de inmigrantes procedentes de España, donde habitan la mayoría de sus familiares. En 1961 emigra hacia Estados Unidos y se ubica en Newark, New Jersey donde realiza sus estudios de escuela secundaria y universitarios. En 1973 se gradúa como ingeniero y se muda para San Juan, donde reside.

La lectura y la escritura han sido su pasamiento preferido para distraerlo de su oficio principal. Este proyecto es el primero que ofrece al público. Su diversidad cultural, a través de varias generaciones, les ofrece a los lectores un enfoque variado que provoca y entretiene.

Sonia Ilemar Baerga

Nació en Puerto Rico, 1983. Posee un bachillerato en Trabajo Social de la Universidad Interamericana, Recinto Metro. Tiene una certificación en Mediación de Conflictos y una maestría en Trabajo Social Clínico de la Universidad del Este Recinto de Carolina. Se desempeña como tallerista y como maestra de libros artesanales. Es improvisadora y forma parte de los colectivos de improvisación teatral Impropulso y Heavy Angels. Como parte de su formación estudió en la Liga Puertorriqueña de Improvisación Teatral, (LIPIT). Además, ha tomado cursos con los improvisadores internacionales Beto Urrea, Galo Balcázar, Gonzalo Rodolico y Omar

Galván entre otros. Su primera colaboración como coautora fue en *El libro que se escribió en 5 días y por Facebook* de Jonathan Ocasio, 2012. Es autora del blog "Entre Letras y Café". Su primer libro, autogestionado (2016), es un devocional titulado *7 días* cuya costura es artesanal. Su primera colección de poesía la presentó en el 2019 titulada: *Entre letras y café,* también hecha a mano e ilustrada por Glenda Ayala. El estilo de la escritora es contar la verdad que encierra la cotidianidad. Su motivación es ser testigo de historias sin contar que necesitan ser libres. Su futuro como escritora es ser la voz de los que han sido silenciados.

Ana María Díaz

Nació en Buenos Aires, Argentina. Por esas extrañas circunstancias de la vida llegó a San Juan, Puerto Rico, donde reside no recuerda cuantos años hace; parafraseando a Facundo Cabral: "No es de aquí, ni es de allá, no tiene edad ni porvenir y ser feliz es su color de identidad".

En su tierra natal completó un doctorado en Microbiología. En Puerto Rico trabajó en el Recinto de Ciencias Médicas de la Universidad de Puerto Rico como docente e investigadora en el campo de la Inmunología, además de ejercer diversas funciones administrativas.

Una vez retirada, Talía y Melpómene la raptaron y la convencieron de iniciar una maestría en Creación Literaria en la Universidad del Sagrado Corazón. Como desarrolló el síndrome de Estocolmo, siguió sus consejos y culminó la maestría en septiembre de 2020. Ahora, está entusiasmada con la futura publicación de la novela "Yo, Lucía", producto de su tesis en ese programa. Esta es una novela de aprendizaje, es decir que presenta a un personaje quien debe pasar por un proceso para adquirir conocimientos sobre el mundo y su propio yo.

El estilo literario de Ana María es sobrio, sencillo, rechaza recursos que solo sirvan de ornamentación, expone los conceptos de forma natural buscando claridad ante que complicaciones. Evidentemente, su formación científica ha influenciado en este estilo.

Astrid Antoinette Billat

Nació en 1970 en la ciudad de Orléans, Francia. Se mudó a los Estados Unidos a los dieciocho años, donde estudió una maestría en Literatura Medieval Española en The University of New Mexico y luego se doctoró en letras hispánicas de la University of Michigan. Ha publicado tres libros sobre la enseñanza de la literatura y la cultura a nivel universitario. Acaba de publicar su primera memoria, *El niño que no decía mamá* y su primer libro de literatura infantil, *Un coquí nunca deja de cantar*. Cuando no escribe cuentos o baila en su grupo folclórico colombiano Takiri, dicta clases de lengua y letras en Meredith College, Raleigh, Carolina del Norte, donde es profesora desde 2003. Ciudadana del mundo e hija adoptiva de Puerto Rico y Colombia, viaja por Latinoamérica cada oportunidad que puede. En sus escritos, comparte su experiencia multicultural y la riqueza de la diversidad latinoamericana, tanto lingüística como cultural.